KB166780

불구의 삶,
사랑의 말

불구의 삶,
사랑의 말

어른이 되고 싶지 않은 이들을 위하여

양효실 지음

현실문화

차례

당신, 그러므로 우리에게

이 책의 글자들은 모두 베낀 것들이다. 다른 책에서 갖고 온 것이고 누군가의 문장을 훔친 것이고 누군가의 삶을 몰래 읽은 것이다. 하늘 아래 새로운 것은 없다. 이 책은 새로운 것을 전달하지 않는다. 명민한 독자라면 내가 '필사한' 책과 사람을 찾아낼 것이다. 내게도 거의 외웠다고 볼 만큼 많이 읽은 이름들, 이론들이 있다. 읽으면 외워지고 외워지면 나의 일부가 된다. 그럼에도 기시감이 만연할 이 책에 한 가지 다른 게 있다면 인문대 시간강사가 직업인 사람이 보여줄 법한 구성 방식일 것이다.

어찌된 운명인지 나는 전공수업이나 대학원 수업보다 '예술의 이해' 같은, 전공과 상관없이 누구나 들을 수 있는 수업들을 근 20년 동안 진행하고 있다. 전공수업이나 대학원 수업보다 교양수업을 더 많이 한 것은 내 운명이다. 교양수업에서는 쉽게 설명해야 한다. 학생 수가 100여 명이 되는 경우도 잦다. 그래서 수업이 끝나면 쪽지를 받았다. 보편적인 주체처럼, 옳은 말을 하는 것처럼 중앙에 서 있는 내가 하는 말에 대한 반응이 궁금했다. 인생이 살 만한 가치가 있는가, 예술가는 왜 이상한 사람인가, 그들의 말은 왜 우리 귀에 잘 안 들리는가, 상처는 왜 아름다운가, 왜 문제가 곧 가능성이 되는가, 왜 고통의 전시가 사람을 성장시키는가…….

나는 그들이 '더러운 말'을 쏟아내는 수챗구멍이나 몸이 들어 가도 좋을 만큼 깊게 판 흙구덩이가 되려고 했다. 학생들은 부모 를 죽이고 싶다거나, 지금 죽고 싶다거나, 자해를 한다는 이야기를 쪽지나 리포트에 적어 냈다. 그럴 때 나는 예술가들을 이용했다. 학생들의 과제를 읽으며 울고 웃었다. 자기 이야기를 남의 것처럼 할 수 있는 능력을 키워 주고자 했다. 내 비밀이 우리의 비밀이고 우리의 고통이 우리의 삶임을 공유하고자 했다. 어떤 이는 시를 썼고 누군가는 음악을 만들거나 그림을 그렸다. 그게 내 자랑이었 고 삶을 긍정하는 스타일이었다. 물론 나를 비난하고 경멸하고 무 서워하며 사라진 이도 있었고, 그 뒤에 다시 온 이도 있었고, 영영 소식이 끊어진 이도 있었다.

이렇게 된 데는 원초적 트라우마라고 말해도 될 만한 경험 이 있다. 대학을 졸업한 뒤 한 학기 동안 서울의 어느 고등학교에 서 임시교사를 했다. 그때도 수업 시간에 시를 읽히고 노래를 들 려주고 영화를 보는 건 여전했다. 마지막 수업 시간에 반 아이들더

던진다. 이 질문은 내게 고통만이 아니라 자유를, 분노만이 아니라 웃음을 선물하기 때문이다.

얼마 전 만난 40대 후반의 작가는 자신의 작업을 '수행'이라고 번역하면서, "질문은 했지만 답은 얻지 못했다"고 말했다. 나는 "좋은 거네요"라고 대답했던 것 같다. 더 이상 이 직업을 계속 해낼 수 없을 것 같다고 울음을 가슴에 한가득 품고 헤맬 때면 늘 나보다 더 여리고 투명하고 진중한 이들이 여기저기서 도착했다. 포기하지 말 것, 계속 밀고 나갈 것을 종용하는 '동족'이 계속 나타났다. 그들이 없었다면 이 책은 쓰이지 못했을 것이다. 내가 함께 읽고 만나고 감상한 이들이 이 책을 함께 썼다고 해도 과언이 아니다.

*

이 책은 어디에 실을지 모른 채 우선 썼던 〈사라지는 아이들을 위하여〉가 발단이었다. 나는 하위문화인 펑크를 좋아한다. 선생이자 공부하는 사람으로서 또 그 문화를 즐기는 사람으로서, 나는 미움받는 게 곧 그들의 정체성인 펑크족에 관심이 많다. 펑크는 고급문화의 일환인 역사적 아방가르드의 대중문화적 반복이고 확장이다. 예술가는 이념상으로 모두 펑크족이라고 생각한다. 나는 이 책에서 교양수업 시간에 분석했던 시, 음악, 영화, 시각예술 텍스트 중 청(소)년이 등장하는 작품들을 갖고 왔다. 그리고

*

　내가 학교와 학교 밖에서 만난 중고등학교 학생들은 미숙하지도 불완전하지도 않았다. 그들은 모두 자신의 문제를 정확하게 이해했다. 그리고 문제를 풀기 위해 어떤 경로를 밟아야 하는지도 잘 알고 있었다. 그들이 스스로 문제를 풀지 못하게 막는 건 그들을 사랑한다고 말하는 부모나 선생과 같은 어른들이었다. 어른들은 "그래도 학교는 졸업해야 한다"는, 그들이 절대로 포기할 수 없는 전제를 갖고 대화를 시작한다. 대화를 하겠다고 약속했으면서도 들으려 하지 않는 어른들, 혹은 '사랑'이란 이름으로 아이들의 긴급한 문제를 외면하는 어른들이 이 사회의 주인이다. 그래서 아이들은 우울하고 분노한다. 무력감을 느끼고 불안해한다. 그런 아이들에게 어른과 좀 다른 점이 있다면 그들이 '시인'이라는 것이다.

　아이들은 예민하고 세계를 통째로 감각하며 어른의 말이 얼마나 기만적인지를 잘 알기에 괴로워한다. 어른들은 괴로워하는 아이들의 표정 같은 것은 보지도 읽지도 않은 채 오로지 말할 줄만 안다. 그들의 '대화'는 사실상 통보이고 입력이고 종용이다. 어른은 논리도 감성도 없이 편견과 독선에 가득 찬 사람을 가리킨다. 어른이 지적으로나 감성적으로나 더 이상 배우려 하지 않는 자들이라면, 아이들은 정반대로 가진 게 아무것도 없기 때문에 배우려 한다. 그러나 그들은 부모와 학교를 버리고 싶은 마음과, 부모의 희생에 대한 죄의식 사이에 끼어 대체로 자기 삶을 학대하는 쪽을 선택했다.

음악을 좋아한다는 어느 남학생은 "공부를 잘하면 앞으로 행복해진다고 하는데 행복이 뭔지 모르기 때문에 공부를 안 해요"라고 내 눈을 똑바로 보며 말했다. 그 말은 누구의 의견도 묻지 않은 채 그 자체로 완전한 세계에 동의하길 거부하는 예민한 인간만이 던질 수 있는 것이었다. 빛나는 말이었다. 나는 대체로 아이들 앞에서 그렇듯이 그때도 떨고 있었다. 미안해, 라고 말하기엔 그 학생의 눈빛이 너무 강렬했고, 이미 반대로 가기로 작정한 아이를 내 편으로 만들기에는 확신이 부족했다. 세계를 바꿀 수 있는 자는 아직 충분히 도덕에 물들지 않은 인간뿐이다.

도덕은 인간을 망가뜨린다. 단순히 나이 들었기 때문이 아니라 삶을 대하는 태도 때문에 그들은 '어른'이 된다. 그렇기에 나는 이미 늙어버린 아이들도 많이 보았다. 어른은 도덕적 판단을 하느라 세계를 느끼지 못하는 무감각한 자들을 가리키는 이름이다. 그들은 자신의 미숙함을 '남성적' 언어, '중립적이고 객관적인' 언어로 은폐한다. 모르는 것이 없다는 듯, 자신은 틀릴 수가 없다는 듯, 너에 대한 나의 사랑은 진실하다는 듯. 어른들은 아이들의 입을 막은 채 그들에게 자신들의 두려움과 분노, 원한을 덮어씌운다. 그렇게 해서 세상에 하나뿐인 삶은 추상적인 시스템을 위한 부속품으로 전락하고, 아이들은 더 이상 웃기를 포기한 채 누렇게 떠 있거나 바스락거리며 말라 간다.

아이는 어른이 지나 온 레테의 강을 건너면서 잊어버린 기억과도 같다. 정신분석은 우리가 잊었다고 간주한 기억, 혹은 없앴다고 생각한 과거가 결국 우리의 삶을 통째로 잠식하고 위협한다는 것을 끊임없이 상기시킨다. 그럼에도 어른은 아이를 잘 모르는 주제에 기시감 때문에 잘 안다고 착각한다. 물론 어른이라고 해서 모든 아이를 싫어하는 건 아니다. 하지만 어른들은 '비행청소년'이라고 불리는 아이들만은 몹시 혐오한다. 비행청소년은 길들여지지 않은, 살아 있는, 아직 '청소년'에 편입되지 않은 잔여물이기 때문이다. 어쩌면 우리는 어른들이 비행청소년을 혐오하는 정도를 가지고 그들이 자신의 무의식 때문에 얼마나 고통받는지 가늠할 수 있을지도 모른다. 못 견디게 미운 '너'는 사실 내가 아직 화해하지 못한 나의 일부, 내가 부끄러워하는 나이기 때문이다. 우리는 버릇없이, 더럽게, 위험하게 행동하는 약한 인간들을 짓밟으면서 도덕적 쾌감을 느낀다. 그 순간 이미 먼저 자신을 짓밟고 있다는 것은 모른 채. 저마다 팔다리를 가진 하나의 개체라고들 하지만 내가 곧 너이고 너는 어쩌면 이 세상 전부인데도.

단언컨대 아이들은 미숙한 게 아니라 예민할 뿐이고, 어른들의 규범이 지배하는 사회에서 힘들게 살아가는 '외국인'일 뿐이다. 그들을 어떻게 우리와 함께 살아갈 동등한 타자로 간주할지는 결국 우리의 역량에 달렸다. 하지만 이미 근대성의 체제에서 살아가는 우리에게 그런 역량은 거의 불가능한 것처럼 보인다. 어른에게 필요한 것은 아이들에게 무엇을 어떻게 가르칠 것인가에 대한 고민이 아니다. 그보다 아이들의 '외국어'를 들을 수 있도록, 새로운 귀가 돋아나도록 기존의 귀를 잘라낼 용기다. 그제서야 우리는 '사랑'을 말할 수 있다. 사랑이란 나의 일부를 잃는 데서 오는 고통이고, 그 고통을 기꺼이 긍정하는 행위이기 때문이다.

이제부터 나는 몇몇 예술가의 작품을 분석하면서 예민한 존재들의 말하기가 무엇인지 보여주려 한다. 자기들의 언어로 계속 말하고 있지만 그 말을 들을 수 있는 귀가 없을 때, 그들은 결국 비행청소년이라고 불린다. 나는 이 아이들을 사랑스런 아이, 예민한 아이, 살아 있는 아이, 우리가 잊은 아이, 에너지, 리비도라고 고쳐 부르기를 간구한다.

거부와 사라짐의 몸짓, 펑크록

펑크록 1세대를 대표하는 밴드 중 하나인 라몬스The Ramones 의 〈I Don't Wanna Grow Up〉은 성장하고 싶지 않은 이유를 열거하는 노래다.* 성장이 자유나 해방의 느낌을 줄 수 없다면, 더 나은 단계로의 비약이 불가능하다면, 앞으로 지금보다 더 끔찍해지는 것만 남을 뿐이라면 성장은 거부해야 할 관념이고 이룰 수 없는 환상일 것이다. 이때 라몬스의 노래는 어른들의 불행한 삶을 지켜보며 이미 고통받는 소년의 목소리를 들려준다.

10대의 모순은 성장을 원하면서도 원하지 않는다는 데 있다. 하고 싶은 것과 하기 싫은 것을 조율하면서, 하기 싫은 것도 하는 게 인생이라는 어른들의 잔소리를 견디면서, 가급적 하고 싶은 것을 찾고 자기 것으로 만들 수 있도록 노력해야 한다면서 우울해 한다. 그러면서 그들은 성인기로 넘어간다. 자식이 무난하게 학교를 다니고 졸업하는 것만으로도 부모는 행운이라고 생각할지 모른다. 문제는 사회화에 성공하지 않는다면 존재 자체가 위험해질 것이고, 지나치게 사회화에 성공한다면 존재를 잃을 수도 있다는 것이다. 기성 사회의 역할에 자신을 맞추기를 당연시할 때 개인의 존재, 욕망은 보호받지 못한다. 사회가 원하는 생산인구, 직업을 갖고 결혼을 하고 아이를 낳는 어른으로 성장하는 데는 'want to be'의 의식이 필수적이다. 존경하는 누구처럼 살고 싶다는 것, 사회에 기여하고 싶다는 것은 긍정적인 자아 이미지를 기존의 사회 매뉴얼에서 발견해 내는 일이다. 닮고 싶은 사람이나 삶이 공동체 안에 없다는 것은 그 사회에 크나큰 손실이기에 앞서, 개인에게도 엄청난 고통이다. 꿈이 없이 현재를 통과하고 있다는 불안은 끊임

* 펑크록은 1970년대 중반 핑크 플로이드, 레드 제플린과 같은 메인스트림 록이 지나치게 상업화, 전문화되면서 록의 정신이 퇴색하는 것에 대한 반발로 거칠고, 강렬하고, 조잡하고, 아마추어적인 록을 들고 나왔다. 완성을 지향하는 극적인 서사를 거부하고, 미완에서 멈추는 짧고 단순한 코드와 저항적인 가사를 특징으로 하는 펑크('불량소년' 혹은 '비행청소년')록은 기성세대와 상식, 제도에 반발하는 청춘, 청년의 분노와 자유를 노래했다. 라몬스, 섹스 피스톨스, 클래시 등이 대표적인 밴드다.

없이 꿈을 가지라고 강요하는 사회에서 이미 스스로에게 루저라는 낙인을 찍는 일이기 때문이다.

그러나 거꾸로 생각하면 꿈이 없다는 것은 사회가 정해 놓은 역할 중에 자신의 존재를 집어넣을 거푸집을 아직 발견하지 못했음을 의미할 수도 있다. 자신의 존재와 사회화 사이에서 고통을 겪는 이들은 꿈이 있다는 말을 할 수 없다. 사회적으로 인정받는 직업군이나 가치 있는 이름들의 숫자는 얼마나 희소하며 사회가 긍정하는 삶의 방식이란 얼마나 인색한가? 한 사회의 견고함은 바람직한 삶과 직업, 역할의 이름을 얼마나 제한하는가에 달려 있다. 경쟁이란 단어는 다양성이 없는 세계, 추구할 만한 역할이 극히 제한된 사회에서 사람들이 한 방향으로 미친 듯이 질주하고 있다는 것을 함축한다.

라몬스는 'don't want to'의 방식으로 자신의 존재를 주장하는 여리고 약한 10대의 목소리를 들려준다. 어른이 되고 싶지 않고, 보이스카웃이 되고 싶지 않고, 돈을 벌고 싶지 않고, 저축을 하고 싶지 않고, 계산을 하고 싶지 않고, 좋은 집(크고 낡은 무덤!)을 갖고 싶지 않은 10대의 목소리를. 소시민의 삶, 소박하고 평범한 삶은 별 노력을 요하는 것 같지 않아 누구나 쉽게 꿈꿀 수 있지만, 그걸 현실화시키는 사람은 사실 많지 않다.

〈I Don't Wanna Grow Up〉의 화자는 추구해야 할 미래도, 이루고 싶은 꿈도 없다. 그래서 어쩌면 학교 수업 시간에는 졸거나 딴 생각을 하는 문제아일지도 모른다. 다만 그는 "살아갈 유일한 목적은 오늘이잖아"라고 말한다. 그런 점에서 그는 인생의 진실을 깨달은 자다. 그에게는 오고 있는 시간, 그러므로 우리가 만나지 못할 시간인 미래가 목적일 수 없다. 덧없이 흘러가는 순간을 사는 것, 미래에 종속된 현재가 아닌 유일한 순간으로서의 지금을 사는 것이 사회화를 통해 자신의 존재와 욕망에서 멀어지는 어른의 삶을 거부할 수 있는 유일한 길이다.

⟨I Don't Wanna Grow Up⟩의 가사는 우울하다. 하지만 그렇다고 포기와 무력감을 정당화하는 노래도 아니다. 오히려 사회적 의미와 가치에 자신을 동일시하고 사회와 자기 사이에서, 사회의 가치와 개인의 욕망 사이에서 모순이나 갈등을 경험하지 못하는 사람이야말로 더욱 무력할 수 있다. 건강한 사람, 미래가 확고한 사람, 정상적인 사람은 자기와 사회, 감성과 이성 사이의 모순을 느끼지 못하는 '불구'의 상태에 있는지도 모른다. 인간은 되고 싶은 것과 되고 싶지 않은 것 사이에서 고통을 겪을 때, 긍정적인 사회화를 거부하는 감수성을 유지할 수 있을 때 다른 세계를 창조하고 상상할 수 있는 기회를 가질 수 있다.

라몬스의 노래는 계속 살아 있기 위해 거의 죽은 거나 마찬가지인 미래를 거부하는 이들을 위한 것이다. 'want to'가 확실한 자들은 사회에 기여한다. 그는 좋은 사람, 유익한 사람, 긍정적인 사람이 된다. 사회는 'don't want to'의 자의식을 갖고 있는 자들

어른이 되고 싶지 않아

I Don't Wanna Grow Up

밤에 침대에 누워 있을 때면 어른이 되고 싶지 않아
옳다고 증명된 것은 하나도 없는 것 같아, 어른이 되고 싶지 않아
항상 변화만 있는 그런 뿌연 안개 속 세상에서 어떻게 움직이겠어
차라리 개가 되는 게 나아

When I'm lying in my bed at night, I don't wanna grow up
Nothing ever seems to turn out right, I don't wanna grow up
How do you move in a world of fog that's always changing things
Makes wish that I could be a dog

당신이 치른 대가를 볼 때면 어른이 되고 싶지 않아
그런 식으로 사는 건 정말 원하지 않아, 어른이 되고 싶지 않아
사람들은 자신이 전혀 원하지 않은 방식으로 변하는 것 같아
<u>살아갈 유일한 목적은 오늘이잖아</u>
TV 수상기에 구멍을 낼 거야, 어른이 되고 싶지 않아
구급약 상자를 열지, 어른이 되고 싶지 않아

When I see the price that you pay, I don't wanna grow up
I don't ever want to be that way, I don't wanna grow up

Seems that folks turn into things that they never want
The only thing to live for is today
I'm gonna put a hole in my T.V. set, I don't wanna grow up
Open up the medicine chest, I don't wanna grow up

고함을 지르는 일은 원하지 않아, 머리카락이 빠지는 걸 원하지 않아
의심뿐인 채로 살고 싶지 않아, 착한 보이스카웃이 되고 싶지 않아
계산하는 법을 배워야 하는 게 싫어, 엄청난 돈을 벌고 싶지 않아
어른이 되고 싶지 않아

I don't wanna have to shout it out, I don't want my hair to fall out
I don't wanna be filled with doubt
I don't wanna be a good boy scout
I don't wanna have to learn to count
I don't wanna have the biggest amount
I don't wanna grow up

부모님이 싸우는 것을 볼 때면 어른이 되고 싶지 않아
그들은 밖으로 나가 밤새 술을 마시지, 어른이 되고 싶지 않아
그냥 내 방에 틀어박혀 있을 거야, 밖은 너무 슬프고 우울한 것뿐이야
대로의 크고 낡은 무덤에서 살고 싶지 않아
5시 뉴스를 보고 있을 때면 어른이 되고 싶지 않아
머리를 빗고 구두에 광을 내는 어른은 되고 싶지 않아

Well when I see my parents fight, I don't wanna grow up
They'all go out and drinking all night, I don't wanna grow up
I'd rather stay here in my room
nothing out there but sad and gloom
I don't wanna live in a big old tomb on grand street
When I see the 5 o'clock news, I don't wanna grow up
Comb their hair and shine their shoes, I don't wanna grow up

이 오래된 고향마을에 머무르면서 돈 같은 것은 저축도 하지 않고
대출도 받고 싶지 않고 뼈 빠지게 일하고 싶지 않아
빗자루를 타고 날아다니고 싶지 않아, 사랑에 빠지고 결혼을 하고
그러고는 펑
인생은 순식간에 날 여기로 데려다 놓았어, 어른이 되고 싶지 않아

Stay around in my old hometown
I don't wanna put no money down
I don't wanna get a big old loan work them fingers to the bone
I don't wanna float on a broom, fall in love,
get married then boom
How the hell did it get here so soon, I don't wanna grow up

못할 수도 있는, 소년과 소녀의 대화. 김행숙의 시 「칼-사춘기 3」을 보자.[2]

시는 클라이맥스에서 시작한다. 소년은 소녀에게 칼을 보여준다. 칼은 소년을 있는 그대로 드러낸다. 우리는 특별한 사람을 만나면 있는 그대로의 자기 자신을 드러내고 싶어 한다. 그 '특별한 사람'은 나의 비밀을 본 뒤 나를 외면할지도 모른다. 그렇기에 고백은 두렵다. 상대의 반응을 예측할 수 없으니까. 그러나 내가 사랑하는 사람에게 거짓이 아닌 진심을, 나의 상처를 보여주고 싶은 것은 자연스러우면서도 지독하게 고통스러운 욕망이다. 사랑은 결정적인 그 순간이 지나야 오거나 떠날 것이다. 시에서 소년이 소녀에게 보여주는 자기 자신 혹은 비밀은 '칼'이다.

김행숙 시인의 소년은 칼을 갖고 다닌다. 칼은 증오, 피, 죽음을 매달고 있다. 맑고 순수하고 빛나는 소년의 이미지는 칼과 충돌한다. 그래서 시의 도입부를 읽고 있으면 마음이 아프고 떨린다. '분홍색 손바닥에 칼을 숨기고 다니는 소년'은 우리를 두렵게 하지만 동시에 무언가를 기대하게 만든다. 소년과 소녀 사이에 나타난 칼은 소년에게 무기가 아니라 꽃이고 비밀이고 사랑이고 맹세다. 그렇다면 소녀는 소년의 칼을 과연 어떻게 받아들일까?

소녀는 태연히 소년에게 그 칼로 "연필이나 깎지 그러니?"라고 말한다. 소녀는 소년이 갖고 다니는 칼이 식칼이나 회칼이 아니라고 비웃는다. 애초에 소년이 기대했던 반응은 두려움과 따듯함 중 하나였을 것이다. 떠나거나 껴안거나. 그런데 소녀는 비웃는다. 입으로는 비웃지만 눈으로는 대담하게 소년을 응시한다. 아마도 소녀가 소년보다 더 황폐한 세상에서 살아가기 때문일 것이다. 소녀는 거칠고 폭력뿐인 세상에서 소년을 구하러 왔다. 둘은 동족이다. 더 나아가 소녀는 소년의 정신적 누이다. 밝은 세상에서 더 많이 아는 사람은 존경을 받는다. 하지만 어두운 세상에서 더 많이 아는 사람은 피와 죽음에 가까이 있기에 두려운 존재다. 소녀가 두려운 소년은 그녀에게 길들여진다. 두 사람은 결핍과 상처를 눈빛으로 교환하면서 사랑의 차원으로 넘어간다.

불우함을 공유하는 이들에게 스윗홈, 보여줄 만한 집 같은 게 있을 리 없다. 그들은 자기 집을 보여주는 일은 할 수 없다. 대신에 그들 두 사람은 집 대신 해수욕장으로 놀러가는 상상을 한다. 사방이 뚫린 여름 해변은 집 없는 애들의 집이고 천국이다. 둘을 위한 집은 모래로 지어질 것이다. 당찬 소녀는 소년에게 "아무한테나 손을 벌리진 않겠지?"라고 말한다. 그녀는 남자들이 '쉬운' 여자를 공격할 때 사용하는 "아무한테나 다리를 벌리진 않겠지?"란 말을 패러디한다. 그 말은 "이제 넌 내 거야"로 들린다. 소녀는 너의 비밀은 나만이 알고 있어야 한다고, 다른 누군가에게 자신을 고백하는 일은 이제 금지한다고, 서로에게 유일한 한 사람이 되어야 한다고 요구한다. 그러자 소년은 "히"하고 웃는다. "하하"나 "껄껄"이 아닌 "히". 분노 말고 웃음.

칼
—사춘기 3

김행숙

소년이 손을 열어 보여준 건 칼이었다. 분홍색 손바닥
위로 슬몃 피가 비쳤다. "연필이나 깎지 그러니?" 소녀는 분명히
비웃었다. 소녀는 뚫어지게 소년을 응시했다.

여자애에게 위로를 받아본 일이 있었던가? 생각나지
않는다. 어떤 것에도 놀라지 않는 여자애가 무서웠다.
소년은 소녀의 집에 놀러 가보지 못했다. 소년도 소녀를
초대한 일이 없었다. 그렇지만 해수욕장의 모래밭에
누워 있는 소녀와,

볼록한 가슴에 얹어주는 뜨거운 모래에 대해 상상하는
일은 즐겁다. 생일 파티 같은 것은 부유한 초등학생들이나
하는 짓이다. "아무한테나 손을 벌리진 않겠지?" 소녀는 똑똑하다.
소년은 히, 웃으며 천천히 손을 오무렸다. 손가락과
함께 칼이 사라져갔다.

분노는 숨을 곳이 없는 사람이 드러내는 감정이다. 면도칼은 큰 칼이 되고 소년은 범죄자가 된다. 그리고 감옥이 그의 집이 된다. 소녀가 그런 소년의 미래를 바꿨다. 당분간 소년은 소녀나 소녀의 엄마를 죽이겠다고 칼을 휘둘렀을 오빠나 아빠처럼 살지는 않을 것이다. 소녀가 소년을 길들일 것이고 둘은 어디든 함께 갈 것이다. 용기란 누군가를 있는 그대로 인정하고 받아들이는 것이기 때문이다.

환상 없이 현실을 끌어안는 데는 용기가 필요하다. 여기서 '용기'는 주체적인 자아가 원래부터 갖고 있던 힘, 그러므로 그냥 발휘하기만 하면 되는 내적 능력을 뜻하지 않는다. 여기서 용기는 그런 주체성이나 능력을 잃는 힘, 네게 합입되기 위해 내가 최소화되는 무력감을 뜻한다. 흔한 말로 가진 게 없는 사람들의 생존법 같은 것이다. 이 용기는 더 잃을 게 없기에 어디든 가는 사람들의 긍정법을 가리킨다. 더 나은 것에 대한 환상을 전제한 현실 긍정은 사실 현실 부정이다. 미래는 현재를 있는 그대로 사랑하고 느끼지 못하는 사람들의 알리바이다. 소년과 소녀가 아름다운 것은 환멸뿐인 세상에서 자신들의 상처를 있는 그대로 보듬길 기꺼이 선택했기 때문이다. 그들은 자유롭다. 물론 그들이 놀러간 바닷가에서 사람들이 두 사람을 어떤 눈으로 쳐다볼지는 불 보듯 뻔하다. 그러나 하나가 아니라 둘이기에 세상의 시선을 견디는 일은 어쨌든 조금 따듯할 것이다.

*

라이언 맥긴리는 거리, 들판, 강, 바닷가, 동굴에 청소년들을 던져놓고 그들에게서 청춘, 자유, 모험의 이미지를 포착하는 데 탁월한 능력을 발휘하는 사진작가다. 그는 사진을 전문적으로 배우지 않았다. 그럼에도 미국의 아티스트들이 선망하는 휘트니 미술관의 최근 30년 전시 역사상 가장 젊은 나이인 스물다섯 살에 대단히 성공적인 개인전을 열었다. 8남매의 막내로 스케이트보드 타는 것을 좋아했던 맥긴리는 열일곱 살이 되는 해에 바로 위의 형이 에이즈로 사망해 충격을 받았다. 가장 많은 시간을 함께했던 형이 죽은 뒤 그와 마찬가지로 게이였던 맥긴리는 10대 후반의 시간 대부분을 그래피티 작가들이나 인디 뮤지션들과 만나며 보냈다. 디자인으로 유명한 파슨스 스쿨을 다니던 맥긴리는 술에 취해 몰려다니는 친구들을 찍은 사진을 모은 『아이들은 괜찮아The Kids Are Alright』를 손수 제작해서 친구들에게 선물했다. 이것이 미술계 사람들의 눈에 띈 것을 계기로 맥긴리는 휘트니에서 개인전을 연다.

그는 지난 10년 간 자신의 아티스트 친구들, 길거리나 콘서트장에서 눈여겨 본 사람들을 섭외해서 여름이면 몇 개월간 함께 여행을 떠났다. 맥긴리는 대략 열일곱에서 스물일곱 살 사이의 모델들을 데리고 그가 좋아하는 시간인 '매직 아워'에 사진을 찍는다. 모델들은 일출 직전인 새벽 5~6시와 일몰 직전인 오후 5~6시

사이에 핑크빛과 푸른빛의 하늘을 배경으로 록 음악이 울려 퍼지는 들판, 강, 수풀, 동굴과 같은 곳에서 벌거벗은 채 폭죽놀이를 하거나 스케이트보드를 탄다. 또 그들은 들판을 질주하거나, 높은 곳에서 물속으로 떨어지거나, 나무에 올라가 매달려 있거나, 동굴 속 외딴 곳에 스스로를 고립시킨다. 모델들은 이런 단체 여행을 "살아서 해 본 최고의 경험 중 하나"라고 부르면서 벌거벗은 채 함께 자고 서로의 몸에 붙은 진드기를 떼어 준다. 서로 모르는 사람이었건 이미 알고 있는 사람이었건 그들은 장시간 함께 생활하면서 연인이나 친구, 즉 '형제들'이 된다.

맥긴리의 사진을 포르노로 분류할 어른이 당연히 있을 것이다. 벌거벗고 한데 뒤엉켜 있거나 친구가 보는데 옆에서 성행위를 하고 있는 이 부끄럼을 모르는 소년 소녀들의 사진을 보고 불쾌한 감정을 느끼는 도덕적인 인간들이 당연히 있을 것이다. 그러나 일몰과 새벽의 빛, 여름의 바람과 초록의 자연을 배경으로 벌거벗은 채 구르고, 뒹굴고, 떨어지고, 질주하고, 매달리고, 웅크린 이들의 사진을 포르노로 보는 것은 잘못이다. 그들은 웃고 있고, 도취해 있고, 맥긴리가 자기들 옆에서 사진을 찍고 있다는 사실도 잊어버린 채 순간에 몰입해 있다. 맥긴리는 젊음이 순간에 도취하는 것임을 사진을 통해 보여주려고 한다. 새처럼 추락하고, 폭죽처럼 폭발하고, 바람처럼 흔들리고, 잎사귀처럼 매달려 있고, 짐승처럼 질주하는 청춘의 강렬함은 그들이 벌거벗고 있다는 사실, 취약하고 상처 입은 몸을 갖고 있다는 사실로 인해 더욱 설득력을 얻는다.

하고 싶은 말과 이미지를 자기 몸에 새겼거나, 실컷 놀다가 상처를 입었거나, 퍼런 멍이 든 채 웃고 있거나, 추워서 비닐을 두른 채 껴안고 있거나, 서로의 몸을 쓰다듬거나 어루만지고 있는 사람들을 물끄러미 보다 보면 나는 얻지 못한 공동체나 가족 같아서 부러워진다. 사회화를 상징하는 옷을 거의 입지 않은, 미숙하고 순수하고 가녀린 생을 그저 감각할 뿐인 소년-소녀들을 보고 있으면 내게는 없었던 청춘의 이념을 엿보는 것 같아 죄스러워진다. 성에 도덕을 씌우고 검열하기 전의 건강하고 아름답고 깨끗한 성을 본 것 같기 때문이다. 맥긴리의 사진은 "살아갈 유일한 목적은 오늘"인 이들의 순간, 방금 지나간 시간을 찍은 것이다. 맥긴리는 나쁜 삶이 행복하다는 위험한 이야기를 도덕적 판단이 일어나기도 전에 사람들을 전율하게 할 사진으로 포착해 냈다.

흡연이 예술을 만날 때

청소년의 흡연은 다음 아고라 같은 인터넷 공간에 단골로 등장하는 이슈 중 하나다. 어둑어둑한 골목이나 인적이 드문 공터, 놀이터에서 문제아들이 담배를 피운다. 그들을 설득하거나 훈계하려고 다가갔다가 빈축만 샀거나 반격을 당한 어른들이 글을 올린다. 어른들은 하라는 공부는 안 하고 떼로 몰려다니며 담배나 피우면서 거리를 더럽히고 미간을 찡그리게 만드는, '머리에 피도 안 마른' 10대에게 해 주고 싶은 말이 많다.

아고라는 진중한 어른들이 경어체로 서로의 올바름을 공유하면서 일종의 '부족'을 만드는 곳이다. 따라서 거기에 등장하는 청소년, 담배를 피우는 청소년은 목소리가 없고 비현실적이고 늘 대상화되어 있다. 그가 건장하거나 제복을 입은 어른인 경우, 즉 문제아들을 누를 힘을 가진 이들인 경우 아이들은 쉽게 진압된다. 정글의 법칙에서 힘은 상대를 누를 수 있는 거의 유일한 조건이니까. 그곳에선 어른과 아이 사이의 권위가 아닌 남자와 남자 사이의 힘에 따라 서열이 정해진다. 그래서 만만해 보이는 어른, 학생들이 제일 싫어하는 꼰대의 표정과 목소리를 가진 어른이 화를 재촉할 경우에는 역공을 당할 수도 있다. 우리는 아고라뿐만 아니라 신문이나 TV를 통해 폭행이나 살인과 같은 끔찍한 사건을 본다. 건드리면 폭발할 것 같은 분노를 장전한 청소년들과 어른의 대치는 싸움으로 변질될 위험이 있다. 누군가는 '사소한' 말다툼 끝에 죽기도 한다.

청소년 흡연을 다룬 어느 논문에서는 청소년 흡연이 "가정형편이 어려울수록, 제어하지 못하는 충동이 많을수록, 외모에 스트레스를 받을수록, 친구와의 관계에서 긴장감을 느낄수록, 학업 및 진로에 대한 스트레스를 받을수록" 더 증가할 수 있다고 분석한다.[3] 다시 말해서 집이 못 살고, '분노조절장애'가 있고, 못 생겼

선 그들 곁으로 다가가야 한다. "그렇게 피워서는 안 죽어, 더 많이 피워야지"라고 말하면서 한 보루의 담배를 건네며 김행숙 시의 소녀처럼 뚫어져라 쳐다봐야 한다. 물론 나는 누군가 이미 그렇게 하고 있을 것이라고 확신한다. 우리를 놀라게 하고 웃게 하는 사람들은 자신의 흔적을 남기지 않으니까. 그들은 밝은 데서 자신을 드러내는 일에 관심이 없으니까.

*

수십 년 피워 온 담배로 전시를 열고 마침내 금연에도 성공한 작가가 있다. 영국의 여성 아티스트 사라 루카스가 장본인이다. 그녀는 네 살 때 처음 담배를 입에 물었고 아홉 살부터 하루 두 갑 정도의 담배를 피웠던 헤비 스모커였다. 영국 런던 북부의 허름한 동네에서 태어난 루카스는 가난한 동네 아이들이 그렇듯이 일찍 술, 담배, 성에 노출되었다.

열여섯 살에 학교를 자퇴하고 열일곱 살에는 임신을 했던 루카스는 아이를 낳으면 자신의 인생이 끝장날 것이라는 두려움을 느꼈다. 그녀는 낙태수술을 하고는 갖고 있던 LP판을 모두 팔아 마련한 돈으로 히치하이킹을 하며 유럽을 떠돌았다. 한참 뒤에 집으로 돌아온 루카스는 엄마가 마련해 준 직장을 다니다가 우연히 미술학교란 곳이 있다는 이야기를 들었다. 늘 무엇인가를 만들면서 자급자족하려고 했던 엄마 곁에서 자랐기에, 자신이 했던 것들로 '작품'을 만들 수 있을 것이라는 생각을 한 루카스는 미술학교에 들어간다.

루카스가 어렵사리 들어간 런던의 골드스미스 칼리지는 향후 YBA(Young British Artists)라고 불릴 데미언 허스트, 마크 퀸, 트레이시 에민, 채프먼 형제, 제니 사빌과 같은 중요한 작가들을 대거 배출한다. 사라 루카스는 그녀와 양대 '불량소녀'로 불리는 트레이시 에민과 더불어 맹랑하고 도발적이며 선정적인 작품들을 만든다. 골드스미스 칼리지는 전통적인 회화보다 작가의 도전적이고 혁신적인 생각을 더 중시하는, 잘 그리는 사람보다 제대로 생각하는 사람이 예술가라고 가르치는 곳이었다. 루카스는 그곳에서 자신이 무엇을 보여주어야 하는지를, 자신이 무엇을 제일 잘할 수 있는지를 알게 된다. 그렇게 해서 1992년 그녀의 첫 번째 개인전 〈판지에 못 박힌 자지Penis Nailed to a Board〉가 열렸다. 루카스는 YBA의 작가들이 대체로 그랬듯이 과격하고 도발적인 작업방식 때문에 미술계에서 단박에 유명해진다.

루카스는 과일, 야채, 계란 프라이와 같은 평범하고 일상적인 소재를 갖고 성기를 암시하는 데 천부적이다. 하층계급의 집에서 흔히 볼 수 있는 싸구려 식탁이나 지저분한 침대를 배경으로 멜론, 오이, 계란 프라이, 바나나, 케밥을 설치해서 '저질스러운 뒷골목의 성적 농담들', 노동자 남성들이나 비행청소년들이 입에 담는 음란한 농담을 시각화한다. 거칠고 방탕한 삶을 살았던 루카스가 보여주는 성기의 이미지들은 에로틱하거나 음탕하지 않다. 그녀의 설치작품은 남성성에 대한 야유와 조롱, 남성이 욕망하는 여성성에 대한 거부를 통해 주류가 향유하는 포르노적 성을 전복시킨다. 다시 말해 남근숭배에 천착하는 가부장제 사회의 성을 하층계급 출신 여성의 관점에서 전복시켜버린다. 루카스의 작업에서 남근은 오이, 우유병, 맥주캔으로 희화화된다. 루카스는 자신이 태어나고 성장한 곳, 사회 변두리의 누추하고 더러운 곳에 사는 사람들이 성을 어떻게 이해하고 전유하는지를 보여주는 데 있어서 독보적이다.

"담배를 피운다"보다 "담배를 빤다"고 말하는 게 오랄 섹스와 담배에 대한 강박을 함께 설명하는 데 더 적합할 것이다. 성적 연상을 거슬러 올라가면 '빤다'라는 말에는 엄마의 젖을 빨면서 물리적 만족과 심리적 행복감을 느끼던 유아기가 들어 있다. 생존이 완전히 양육자의 관심에 달려 있는 유아는 젖을 빨지 못하면 죽는다. 생에 대한 무조건적인 욕망, 리비도의 시작은 젖을 빠는 것에서 시작한다. 흡연은 그런 생존에 대한 필사적인 욕구, 어머니와의 애착관계에서 충족되지 못한 결핍을 성인이 된 뒤에도 보상받으려는 욕구와 연관이 있다. 흡연은 인간 존재의 근본적인 불안과 결핍, 그것을 보상받으려는 강박증을 내포한다. 젖을 담배로 대체하고 젖처럼 담배를 빠는 행위 속에는 엄마로부터 떨어져서 고독한 삶을 살아야 하는 모든 인간의 존재론적 불안이 깔려 있다. 담배는 증상이다. 그러므로 흡연은 건강, 폐암, 타인에 대한 피해와 같은 사회적 담론에도 불구하고 사라지거나 제거하기 힘든, 인간의 무의식적 기억과 연관된 집요하고 고통스러운 행위다.

2000년 루카스는 수십 년간 이어온 흡연을 소재로 〈담배전 Fag Show〉을 연다. 모든 애연가들은 흡연으로 자신이 죽을 수 있다는 것을 알면서도, 자신이 사회적 쓰레기로 간주되고 있다는 것을 알면서도, 성장의 고통과 불안을 견디기 위해 나쁜 행동을 한다. 앞서 계속 이야기해 왔듯이 좋은 행동에는 개인의 존재와 욕망이 거의 남아 있지 않다. 그것은 사회를 위한 것이지 개인을 위한 것이 아니다. 따라서 나쁜 행동에는 사회적 인정보다 자신의 존재와 욕망을 우선시하는 어떤 뿌리 깊은 동기와 힘이 내재되어 있다.

그렇기에 나쁜 것에서 좋은 것으로 넘어가려는 사회적 욕구와, 좋은 것 대신에 나쁜 것에 머무르려는 개인적 욕망 사이에서 갈등하는 게 인간 삶의 진실이다. 담배는 지루하고 우울한 삶의 지표다. 무의식적 욕망과 의식적 혐오의 대상인 담배를 끊지 못하는 유약함에는 우리가 별로 목격하고 싶지 않은 삶의 진실이 깃들어 있다. 삶은 죽음과 분리할 수 없다는 것, 사랑은 혐오와 겹쳐져 있고, 성장은 퇴행을 동반한다는 것 말이다. 루카스는 삶의 모순과 이중성을 형상화하는 데 자신이 가장 잘 아는 오브제인 담배를 이용했다. 루카스는 말보로 라이트 담배를 갖고 젖가슴, 예수, 자화상, 구명조끼, 연인과 같은 친숙한 이미지, 상징을 만들어

냈다. 사랑, 희생, 자기애, 생존, 따듯함과 같은 인간의 욕망을 혐오스러운 오브제로 시각화하는 일은 명쾌한 결론도 정답도 존재하지 않는 삶을 긍정하는 일 아닐까? 루카스는 전시를 진행하는 중에 담배를 끊었다고 전해지지만, 여전히 담배는 그녀 작업의 주요 소재다.

우리를 대신해 불행한 아이들 때문에
우리는 살아 있다

봉준호 감독의 영화 〈마더〉는 약간 모자란 아들을 광적으로 사랑하고 보호하는 어머니에 대한 이야기다. 젖 주는 엄마와 유아의 애착관계를 늙은 엄마와 젊은 아들이 실연한다. 관객은 성인인 아들을 기저귀차고 기어 다니는 아들쯤으로 생각하는 미친 엄마를 계속 보아야 한다. 그런데 영화는 그녀가 미친 게 아니라 절실했을 뿐이라는 것을 서서히 보여준다. 마을에서 벌어진 여고생 살인사건의 주범으로 아들 도준이 지목되고, 엄마는 아들의 무죄를 증명하고자 백방으로 뛰어다니다가 종국에는 살인까지 저지른다. 최초의 원인이 감춰진 살인사건에 가장 가까이 다가갔던 엄마는 결국 도준이 살인을 저지른 사람임을, 도준의 살인행위는 자신이 그보다 먼저 저지른 '죄' 때문임을 알게 된다. 도준은 아무것도 모른 채 죄를 저질렀고 엄마는 그보다 먼저 도준에게 죄를 저질렀다.

영화가 끝나갈 무렵, 엄마는 아들 대신에 살인자로 지목되어 갇혀 있는 종팔이를 보러 간다. 면회실 쇠창살을 사이에 두고 엄마는 지체장애자인 종팔이에게 "너는 엄마가 없니?"라고 물으며 운다. 고아원과 기도원을 오가며 살아 온 종팔이에게는 자신을 보호해 줄 법(아버지)도, 법을 이기는 '미친' 엄마도 없다. 종팔이는 자신이 사랑한 아정의 어이없는 죽음 이후에 그녀의 죽음을 떠안는다. 종팔이는 죄가 없지만, 또 그렇기에 세상의 모든 죄를 짊어진 이처럼 감옥에 간다(엄마가 울 때 종팔이는 "울지 마라"라고 예수처럼, 고통받는 사람을 위로하는 그분처럼 이야기한다).

엄마는 도준이 지은 죄를 속죄하며 살 것이고 종팔은 아정의 죽음을 자신의 마음으로 끌어안은 채 살 것이다. 따듯한 집이 없는 이에게 감옥은 두려운 곳이 아니다. 감옥은 돌아갈 집이 이미 항상 있(다고 생각하)는 사람들에게만 형벌이다. 엄마는 종팔이에게 죄가 없다는 것을 알지만, 도준을 잃을 수는 없다. 자신의 아들 대신에 감옥에 가는 종팔이 앞에서 엄마가 할 수 있는 것은 그저 미안해서, 아니 아파서 우는 것뿐이다. 미친 엄마는 대체로 죄 많은 여자다. 너는 왜 나 같은 엄마가 없었니, 라며 엄마는 운다. 종팔이의 표정은 죄를 대신 뒤집어쓴 사람의 표정이 그렇듯이 순수하고 온화하다. 글자 그대로 쌀을 얻기 위해 몸을 팔았던 아정이와 종팔이에게는 엄마가 없다. 하나는 살해당하고 하나는 감옥에 감으로써 마을의 골칫거리는 해결되고 현실은 무사히 제자리로 돌아간다.

우발적 살인은 한 마을을 에워싼 (남성적) 권력구조를 드러낸다. 동시에 자신이 범죄자가 아님을 알고 있는 가짜 범인인 종팔이는 그 수면 위로 노출된 권력을 다시 감추는 알리바이가 된다. 종팔이가 없다면 마을은 계속 불안할 것이고, 엄마는 휴식을 얻지 못할 것이다. 아버지들의 세상에서 엄마가 계속 살아가려면 어미 애비 없는 애들이 죽거나 갇히거나 침묵해야 한다. 죽은 아정이와 함께 종팔이가 마을에서 사라지고, 이 모든 비밀을 아는 엄마, 마침내 아들을 구해 낸 엄마는 아들을 죽이려 했던 자신의 첫 번째 죄와 아들을 구하려 했던 두 번째 죄 이후에도 아들이 자신보다 먼저 죽기를 기다리며 계속 살 것이다.

아정이 없는 종팔이는 그곳이 어디건 영원히 떠돌 것이다. 도준이에 묶인 엄마는 영원히 도준을 따를 것이고, 마을은 슬쩍 드러났던 치부를 감춘 채 다시 일상을 반복할 것이다. 무사한 현실을 들추면 거기에는 무능한 법, 미친 엄마, 더 이상 말하기를 거부하는 소년소녀가 있다. 그러므로 따뜻하고 무사한 현실이란 베일에 불과하다. 문제아들은 베일을 들추고 안으로 들어가버리거나 삐죽 얼굴을 내미는 이중 국적자들이다. 우리가 증오하고 배척하지만 역설적으로 우리를 살리는 이중 국적자들. 지금 우리가 행복하다면, 지금 우리 대신에 불행한 아이들이 분명 어딘가에 있을 것이다.

2

내 이름은 처음부터
내 것이 아니었다

우리는 기꺼이 나쁜 쪽에 설 것이다.
왜냐하면 우리는 삶이라는 낫지 않는 병을
긍정하는 존재이기 때문이다.

---

* 이 장은 헤르만 헤세의 『데미안』에 나오는 문장, "새는 알에서 나오려고 한다. 알은
세계이다. 태어나려는 자는 우선 세계를 파괴해야 한다. 그때 새는 신에게로 날아
간다. 신의 이름은 아브락사스이다Der Vogel kämpft sich aus dem Ei. Das Ei ist die
Welt. Wer geboren werden will, muß eine Welt zerstören. Der Vogel fliegt zu Gott.
Der Gott heißt Abraxas"에 대한 리라이팅으로 간주해도 될 것이다.

사회가 친절하게 제안하는 대로 우리가 치유되길 바란다면
우리는 부지중에 보이지 않는 창살 뒤에 있게 되는 것이다.
— 모리스 블랑쇼[*],『정치평론 1953~1993』

한 아이의 탄생을 둘러싼 기쁨과 축복에 대한 이야기는 너무
많고 흔하다. 그중 한 아이인 나, 흔하디 흔하면서도 둘도 없는 아
이인 나의 탄생의 '비참', 들려서는 안 되지만 숨길 수도 없는 이야
기, 사실은 계속 쓰여 왔고 지금도 쓰이고 있는 이야기를 가지고
성장을 다시 생각해 보려 한다. 이것은 희소한 기록이고 쉽게 눈
에 띄지 않는다. 나는 지금 사라지고 싶거나 다시 시작할 이유를
찾고 싶은 이들, 굴욕감과 수치심으로 괴로워하는 이들을 지지한
다. 그것이 결국 모두의 이야기일 수 있다는 걸 안다면 당신도 평
온할 것이다. 충분히 들리지 않은 이야기가 있다면 그것에는 바로
그 희박함을 통해 아직 영토화·식민화되지 않은 힘, 상징화되지
않은 힘이 들어 있다고 보아야 한다.

이것은 모두의 이야기지만 모두를 위한 이야기는 아닌, 모두

가 수신하지는 않을 이야기다. 더 약해지고 예민해져야 더 강해진다는 이 이상한 논리를 필요로 하는 사람은 많지 않을 것이다. 자신의 삶을 살기 위해서는 '그들'이 내게 입혀 놓은 삶의 스타일을 벗겨 낼 수 있어야 한다. 갑옷이 벗겨진 살갗은 죽음에 더 노출될 것이지만, 옥죄는 갑옷 바깥에서라면 우리는 죽음만큼이나 삶도 음미할 수 있을 것이다. 삶은 살아 내야 하는 것이 아니라 음미해야 하는 것이다. 마찬가지로 죽음은 억압해야 하는 것이 아니라 내 삶의 일부이자 미지의 가능성으로서 긍정해야 한다. 우리는 살아 있고 또 죽고 있다. 자신이 죽을 것이라는, 죽을 수 있다는, 죽어 간다는 사실을 알고 있는 자만이 삶을 음미하고 사랑할 수 있다. 삶의 유한성, 필멸이 없다면, 이 지루한 삶도 언젠가는 끝날 것이라는 자각이 없다면 권태와 불안은 물론 열정마저도 사라진다는 것을 우리는 알지 못할 것이다.

이 글은 탄생의 비참, 사회화의 굴욕, 자아의 허구성을 이야기할 것이고, 사라지는 대신 결국 다시 시작해야 할 필요와 용기를 촉구할 것이다. 이 글은 탄생의 축복, 사회화의 가치, 자아의 의미를 거부할 것이고, 다시 시작하려는 자의 긍정과 사랑, 화해를 이야기할 것이다.

---

*   프랑스의 작가, 사상가

탄생은 외상trauma이다

물속에서 모체와 연결되어 있던 태아는 갑자기 바깥으로 내던져진다. 내가 스스로 나오는 것인지 모체가 밀어내는 것인지 경계가 불분명한 이 던져짐은 양쪽 모두에게 극심한 충격이다. 흔히 모체와 동일시되는 어머니는 그 충격을 모성으로 떠안으면서 충격을 봉합한다(모체와 모, 모성은 전혀 다른 범주들임에도 상식은 그 셋을 나눌 수 없는 하나로 간주한다). 모체의 일부였던 태아의 탄생은 충격적인 분리이고 강제적인 찢김이다. '나'(이것은 누구인가? 누구인지 모르는 그것을 우리는 결국 나로 불러야 한다)는 탯줄에 의지한 채 물고기처럼, 짐승의 새끼처럼 양수의 보호를 받았다. 산달이 찬 나는 밖으로 밀려나고 탯줄이 잘리면서 어미와 분리된다. 짐승의 새끼 가운데 유아를 제외한 모든 새끼는 밖으로 밀려난 뒤 어미의 젖을 향해 본능적으로 기어간다. 오직 유아만이 어미를 포함한 양육자의 호의와 환대를 간구한다.

나는 울음으로써 나의 존재를 드러낸다. 누군가가 발견해서 우는 나를 품에 안고 젖을 물려야 한다. 스스로 생존해야 하는 짐승의 새끼들과 달리 인간의 목숨은 처음부터 타인의 것이다. 그/그녀가 나를 떠맡지 않는다면 나는 살지 못한다. 나는 갑자기 밀려났고 위험에 처한다. 그런 이유로 정신분석은 탄생 자체가 외상trauma이라고 말한다. 자기 젖이나 젖병을 물려 주는 이가 없다면 탄생은 곧 죽음이다. 설사 젖 주는 이가 옆에 있다고 해도 탄생은 그 자체로 외상이다. 전쟁이나 끔찍한 폭력과 비슷하게, 탄생은 생사여탈권을 거머쥔 어른들 혹은 낯선 세계의 호의와 냉대 사이에 붙들린 채 두려움과 고통을 견뎌야 하는 경험이다. 새로운 인간의 출현은 기성의 세상에 축복일지 모르지만 미지의 그것it, '나'라 불리는 그것에게 탄생은 충격이다.

물론 누군가는 우리가 대체로 부모(라는 이름의 어른들)에게 위탁될 것이기에, 그들이 나의 탄생을 학수고대한 주인이고 수신인일 것이기에 외상으로서의 탄생을 일반화할 수는 없다고 반박할지도 모른다. 그러나 탄생의 순간, 인간이[**] 나를 발견하고 사랑해 주기 직전의 순간은 우리 모두가 겪는 상황이다. 하지만 우리는 외상의 순간을 기억하지 못한다. 기억은 말을 배운 뒤에 발생하는 작용이고, 언어는 전(前)언어적 경험을 조작한다. 언어는 뒤늦게 도착해 경험을 조율하고 길들이고 거세하려고 한다. 언어는 경험을 대면하지도 재현하지도 못한다. 언어는 경험을 간신히 덮

---

[*] 모체matrix와 모mother는 대리모에 의해, 모와 모성motherhood은 모성이 없는 어미의 출현 때문에 분열한다. 모체와 모, 모성을 하나로 간주하는 가부장제는 모성애 없는 여성을 공격하고, 가족주의는 모 없는 모체, 임신을 성스러운 행위로 볼수 없게 하는 존재의 등장을 공격한다.

[**] 갓 태어난 아이나 신생아에게 젖을 물리는 늑대 개, 고양이에 대한 이야기도 결국 인간의 모성애, 우리가 알고 있는 모성애를 통해 칭송된다. 태어난 아이를 버리거나 죽이는 여자들에게 '모성이 없는 어미'라는 낙인이 찍힐 때 몇몇 개와 고양이가 짐승에서 인간으로 승격된다.

어 놓을 뿐이다. 끔찍한 것은 언어의 작용인 바, 기억은 결국 왜곡된다.

탄생으로서의 외상은 누구나 겪는다. 하지만 공중화장실이나 어둑한 공원 한 켠, 허름한 여관에서 태어나자마자 버림받는 아이들의 비참은 특수하다. 가난과 실수와 무지를 배경으로 태어난 아이들, 인간 세상으로의 진입을 거부당한 아이들의 고통이나 슬픔을 일반화하기는 어려울 것이다. 탄생에 대한 나의 묘사는 탄생 자체의 고통과 충격이라는 일반적인 경험으로도, 평범하지 않게 태어난 이들의 비참에 대한 묘사로도 해석될 수 있을 것이다. 물론 이 글은 모두를 위한 것이 아니다. 이 글은 소수를 위한 것이고, '예외가 규칙인 상황', 지금-여기가 비상시처럼 느껴지는 이들을 위한 것이다. 더 나아가 비상시로 상상하길 촉구하는 글이다. 그러므로 이 글은 극단적이다.

나는 탄생의 축복이란 문장만큼이나 탄생의 비참이란 묘사가 일반화되길 바라고 있다. 이것은 상상력을 동원해야 할 문제일 것이다. 아이는 태어나자마자 허파로 호흡하며 소리 내어 운다. 허파 호흡은 적응을 알리는 신호이며 바깥으로의 추방을 감지한 순간 아이가 느낀 불안의 징후이다. 탄생의 강제적이고 충격적인 풍경은 이후 우리가 '인간'으로 불리게 된 뒤 계속 엄습할 고통의 서막이다. 삶이란 계속 충격을 받아들이는 것이고, 그 받아들임에 어떤 이유도 없다는 것에 계속 놀라는 과정이기 때문이다.

성기를 기준으로 한 "아들입니다, 딸입니다"란 호명을 따라 우리는 이미 완전한 모습으로 존재한다고 가정된 세상에, 그러므로 내게 동의를 구하지 않은 채 나의 무조건적인 진입을 강권하는 이 세상에 등록된다. 나는 나를 인수한 이들의 이해관계 혹은 사랑(!)에 맞춰 조율될 것이다. 물론 그들은 나를 키우는 데 드는 거의 모든 심리적·경제적 비용을 기꺼이 치를 것이다. 나를 사랑한다고 가정된 부모, 나의 양육의 모든 비용을 기꺼이 지불하는 이들의 선택에 의해 나는 이곳에 던져졌다. 나를 아들이나 딸이라고 부르는 이들은 자신들이 속한 사회적·문화적 맥락 안에서 나와의 만남을 조정할 것이다. 나를 기다리고 환대하는 부모나 친족의 뒤에는 사회 공동체, 더 정확히는 노동력의 재생산을 권장하고 강요하는 경제적·정치적 공동체가 있다.

기성의 가치와 규범을 유지하고 존속시키려는 이들이 장려하는 것이 바로 결혼이고 가족이다. 가족은 지금 상황과 조건을 유지하기 위한 인구와 노동력을 만드는 최소한의 단위다. 우리는 대체로 가족의 구성원으로서 태어난다. 말하자면 현재의 상황을 지지하는 이들이 나와 나의 부모 혹은 친족의 만남의 토대다. 부모는 내가 자신과 비슷하게 살기를 바라면서, 더 나아가 자신보다 더 낮게 살기를 바라면서, 결국 자신이 알고 있는 한도 안에서 나와 자신의 관계를 정립할 것이다. 나를 사랑한다고 가정된, 자신의 소망과 환상을 자식에게 투사하고 싶어 하는 부모는 자신의 사회적 존재방식(의 영속과 개선)을 위해 나를 생산한다. 버릇없는 자식들이 항변하듯 그들은 내게 나의 탄생을 묻지도 부탁하지도 않았다. 나의 탄생은 전적으로 그들이 결정한 것이다.

그러므로 태어난 것은 내가 아니라 그들의 욕망이고 삶이다. 그들은 내게서 그들이 알고 있는 것을 알아본다. 아니, 그들은 내게서 그들이 원하고 있는 만큼만 알아본다. 그들이 알아보고 사랑하는 나는 단지 그들(의 일부)일 뿐이다. 나는 그들이 내게 투사한 이미지다. 그들은 자기들이 모르는 '그것'이 멀리서 왔다는 것을 외면한다. 모르는 존재가 친밀한 사적 공동체로 유입되는 데 갈등이나 협상은 없다. 부모라 불리는 이들의 무지와 단순함은 친밀한 가족을 이루는 전제다. 따라서 나는 그들이 건네는 폭력으로서의 사랑과 무지에 근거한 따듯함을 일방적으로 떠안는다.

이것은 나의 탄생에 대한 냉혹하고 잔인한 묘사다. 세계는 나를 무조건적으로 박탈하고 종속시키는 탄생을 부모라는 따듯한 이름으로 감행한다(부모가 짐이고 저주이고 낙인이라는 깨달음은 극소수에게, 은밀하고 아주 늦게서야 전달된다. 다음 장에서 분석할 실비아 플라스의 시 「아빠」는 그런 사례 중 하나다). 내가 태어난 것은 부모의 사랑 때문이라고들 한다. 하지만 나의 탄생은 나를 뺀 모두의 동의하에, 어떨 땐 부모의 동의도 없이 일어난다. 나는 어쩌다가 생겨났거나 신중한 계획 하에 생겨났거나 기적처럼 생겨났을 것이다. 그들은 아무것도 아닌, 그저 꼼지락거리는 '그것'일 뿐인 나를 자기들이 알아볼 수 있는 표식을 갖고 구별하기 시작한다. 나는 이름들, '우리 딸', '한국인' 같은 이름들에 안착한다.

나는 남이 쓰고 버린 이름이다

내 이름은 사실 이미 다른 이들이 썼던 이름 중 하나다. 이 세상에 단 하나뿐인 나의 탄생에 씌워질 이름은 남들이 갖고 있던 것 중 하나에 불과하다. 내게 부착된 이름은 나의 유일무이한 삶을 이미 알려진 것, 이미 쓰인 것, '중고'로 만든다. 나는 이미 있는 것들 중 하나에 불과한 것으로 분류된다. 그리고 내 이름을 불러주는 이들에 의해 나는 비로소 내가 된다. 나는 누구인가? 나는 그저 이름이다. 최초의 존재인 나는 이미 있는 이름, 기호로 환원되고, 그렇기에 나라는 존재는 항상 두 번째다. 국적, 성별, 가계가 나의 사회적이고 사적인 정체성으로서 내게 부착됨으로써 나는 한국인, 남자, 김XX 등으로 불린다. 이름들은 특정한 시공간에서 살아가는 이들의 사회적 관계의 효율성을 위한 것이지 나를 위한 것이 아니다. 모체와 하나였다가 바깥으로 강제로 던져졌듯이, 나는 나를 부르는 이름 속으로 강제로 들어간다. 젖과 이름을 줌으로써 나의 물리적이고 사회적인 탄생을 실현한 이들 덕분에 나는 내가 된다.

나의 탄생과 소속과 사회적 인정은 나의 철저한 종속과 수동성 속에서 일어난다. 그것은 나의 의지나 선택과 무관한 것이라는 점에서 무조건적이고, 국적과 성별, 고유명사가 특수한 시공간에서 의미를 가진다는 점에서 우연적이고 상대적이다. 그것은 무차별적이라는 점에서 폭력이고 우연하다는 점에서 농담이다. 우리는 이름이 불리지 않는다면, 내 이름을 불러 주는 이가 없다면 죽은 것이나 다름없는 존재다. 그렇기에 이름으로서의 나, 사회적 대상으로서의 나는 비참하지만 피할 수 없다. 나의 사회적 탄생, 그들의 대상으로서의 나의 탄생은 나의 유일무이한 삶의 죽음을 담보로 한다. 나의 진짜 삶의 죽음이 없다면 나는 계속 살지 못할 것이다. 이러한 역설과 모순이 탄생 이후 우리가 겪는 삶의 진실이다.

이름은 나를 규정하고 나 자신을 분열시킴으로써 생성을 존재로, 흐름을 고체로 만든다. 이름은 오독이고 고통이다. 나는 내가 누구인지 모르지만 그들은 나의 이름을 부르고 나를 아는 체한다. 내가 모르는 나를 그들이 알아보기에, 그들의 사랑과 인정을 간구해야 하기에, 내가 반응할 때마다 그들이 환호하기에 나는 그들이 부르는 나 안으로 들어가 앉는다. 그리고 나인 척한다. 그들의 사랑을 얻기 위해 애쓰면서 나의 연기는 무르익어 간다. 급기야 나는 나 자신을 감쪽같이 속인다. 사회적 존재인 인간에게 성장이란 주어진 역할에 익숙해지는 것이다. 그리고 그 역할에 필요한 대본은 사회가 갖고 있다. 좋은 학생, 좋은 자식, 좋은 친구가 되는 데 필요한 매뉴얼은 정해져 있다.

매뉴얼의 미덕은 합의와 효율성에 있다. 통일성을 지향하는 사회에서 차이는 배제된다. 그러므로 무조건적이고 반복적인 역할 배우기를 통해 배제되는 것은 차이와 다양성, 개성이다. 정해진 대본에 맞춰 반복되는 연기는 심지어 '자연스러운' 것으로 수용된다. 사랑을 받는 데 익숙한 이에게 연기는 자연스러운 것, 당연한 것, 긍정적인 것으로 체화된다. 그러나 예민하고 삐딱한 이는 연기를 자신의 존재를 죽이고 부정하는 위협이라고 느낀다. 그들은 자신의 무능함을 혐오하거나 남들의 유능함을 두려워한다. 경쟁자이자 친구이고 형제인 타인들의 우수성을 경멸한다. 그들은 자신이 연기를 하고 있다는 것을, 거짓을 받아들이고 있다는 것을 잘 안다. 나는 10대 후반의 소년이 내게 했던 말을 기억한다. "선생님. 저는 미친 사람은 아닙니다. 중학교 1학년 때 저는 지금 내가 사는 세계 말고 진짜 세계가 바로 옆에 있다는 생각을 하게 되었어요. 한동안 정신 상담을 받았지만 미친 것은 아니라고 했어요. 지금도 그 세계를 느껴요. 그때 카뮈를 읽었고 지금은 강한 사람이 되려고 노력하고 있어요."

'좋은 사람'의 대본을 따르는 이들이 감지하는 고통과, 대본을 따르는 데 실패하는 이들이 감지하는 고통은 다르다. 전자는 신경증자이고 후자는 우울증자이다. 전자는 정상인이고 후자는 비정상인이다. 정상인은 자연스러운 것, 당연한 것이 사실은 우연하고 상대적인 것이었다는 사실을 급작스럽게 통보받는다. 우울증자는 자신이 삶의 진실에 더 가까이 있기 때문에 열등감을 느꼈다는 걸 알지 못한다. 그 대신 우울증자는 자신을 학대한다. 정상인이 강박적으로 자신의 연기에 집착하는 반면, 우울증자는 자신의 연기 때문에 과도하게 고통받는다. 정상인의 문제는 자신을 의심하지 않는다는 것이고, 우울증자의 문제는 지나치게 자신을 괴롭힌다는 것이다. 이런 점에서 정상인과 비정상인 사이에는 그가 자신의 연기를 의식할 수 있느냐 없느냐 하는 차이만 있을 뿐이다.

우리는 집을 가면을 벗는 곳, 사회적 역할을 다하는 데 따른 피로를 씻는 '안쪽'이라고 생각한다. 그러나 지금 나는 가족마저도 나의 삶과 실존에 억압적이라는 이야기를 하고 있다. 집은 친밀한 사람들의 밀실이 아니라 광장이다. 나를 사랑한다고 가정된 엄마와 아버지마저도 단지 나를 자신들의 욕망을 확장하기 위한 도구로 사용하기 때문이다. 가면이란 벗고 쓸 수 있는, 말하자면 내가 입고 벗을 수 있는 옷이나 외피가 아니다. 가족을 포함한 사회적 삶의 운명 속에서 우리는 가면으로서 실존한다. 그러므로 우울증자는 자신의 연기를 의심하지 않는 정상인의 강박을 부러워하는 대신에 자신을 좀 더 너그럽게 대할 수 있어야 한다.

우울증자는 자신의 병을 치료하는 대신에 자신의 삶을 번역할 대본, '좋은 사람'을 위한 것이 아닌 대본, 나쁘고 위험하고 우울한 이들을 위한 대본을 찾아내고 발굴하고 발명해야 한다. 자신을 이용하기만 하는 대본을 따르는 대신에 자신이 들어가서 쉴 수 있는 대본, 상실과 결핍에 내몰린 삶을 위로할 대본을 만들려고 해야 한다. 그러나 이것은 거의 불가능에 가깝다. 우리는 진실과 거짓 사이에서 진실 쪽으로, 사랑과 오해 사이에서 사랑 쪽으로, 이름(명성, 성공)과 익명 사이에서 이름 쪽으로 나 있는 방향을 선택하려고 한다. 그것은 사회가 안전과 의미와 행복이라는 이름 아래 이미 정해 준 것이다. 그러므로 그것은 나의 '선택'이 아니다. 나는 그때 선명해지고 밝아지고 유능해질 것이지만, 동시에 희미해지고 학대받고 종속될 것이다.

이렇게 비관적인 분석이 궁극적으로 지향하고 있는 것은 '나', 아직 우리가 충분히 사랑하지 못하는 우리 자신, 충분히 알지 못하는 자기 자신이다. 그렇지만 사회화에 성공하지 못한 이들이 사회 속에서 어떤 박해와 고통을 당하는지, 어떻게 사회적인 죽음을 선고받는지 역시 생각해야 할 것이다. 만약 다른 사람들의 사랑을 받고 싶어 하던 누군가가, 그러므로 그들에게 질문하는 것이 금지된 누군가가 갑자기 "아버지라 불리는 당신은 정녕 누구입니까"와 같은 질문을 한다면 어떨까. 만약 그런 질문을 한다면 그는 정신병원 신세를 지거나 뺨을 맞을 것이고 부모를 고통스럽게 할 것이다.

그 말은 아버지라 불리는 그조차 답을 가질 수 없는, 아니 누구도 대답할 수 없는 질문이다. 부모는 아이의 소멸을 통보받을 때 이렇게 말하곤 한다. 우리 아이가 그랬을 리 없다고. 그러고는 오열한다. 만약 부모가 자식이란 사실 완전한 타인이라는 것을 받아들인다면, 그는 과연 울 수 있을까? 설령 운다 해도 그 울음은 어떤 방식으로 재현될 수 있을까? 친밀하다고 생각했던 것이 낯설어지거나 정반대의 일이 벌어질 때, 우리는 기존의 행동 양식에서 밀려난다. 그럼에도 그들은 부모라는 이름 밖으로 나오지 못한다. 일상은 반복과 습관, 관성과 묵인에 의해 굴러가기 때문이다. 일상은 각자가 제 이름에 맞게 일하고 생산하고 교환하고 소통한다고 가정할 때 지속될 수 있다. 일상은 서로가 알아볼 수 있는 얼굴들, 이름들을 위한 곳이다. 즉 그것은 법과 질서에 의해 구조화된다.

이 일상, 이 문화, 이 구조에서 태어난 나는 이름과 소속을 건네받고 그 기호 속으로 밀어 넣어진다. 처음에 우리는 남자도 여자도 아니었다. 암female과 수male로 구별되는 동물과 달리, 여자 feminine와 남자masculine는 생물학적인 구별이 아니다. 남자와 여자, 남자다움과 여자다움은 각 문화의 특수한 맥락 안에서 구성된다. 성기의 유무와 연관이 있으면서도 반드시 성기로부터 출발하지는 않는 문화적 행동방식이 우리를 남자와 여자로 만들어 간다. 나는 남자가 무엇이고 여자가 무엇인지를 규정하는 사회적 매뉴얼에 맞춰 조율된다. 나는 자식이 되고 남자가 되고 한국인이 되고 동양인이 되어 간다. 끝없이 무엇인가로 되어 가는 나는 이미 있던 문화적 관습이나 상징체계 안으로 들어가서 거기에 나를 맞추고 있다. 우리는 이를 성장 또는 사회화라 부른다. 나는 수많은 이름들 안으로 들어가는 '노동'의 대가로 내가 된다.

　보통 우리는 성장이 얼마나 수동적인지 잘 감지하지 못한다. 태어나서 수없이 이름이 불리는 중에 출현하는 나는 도대체 누구인가? 바깥에서 온 이름들이 과연 나를 정의할 수 있는가? 이름은 구별의 효율성, 그러므로 사회의 관심을 반영한 기호이지 실체가 아니다(이름 혹은 명사는 형성되어 가는 삶을 고정된 것으로 만드는 힘을 갖고 있다). 나의 이름에는 내가 없다. 그것은 텅 비어 있다. 그럼에도 나는 어느 때부터인가 나를 부르는 이름들에 반응해 고개를 돌리거나 끄덕이거나 눈을 마주친다. 나는 이름 안으로 들어간다. 그럼으로써 없는 나가 있는 나로 바뀌어 간다.[1] 이름은 아주 어리고 유약하고 무구한 존재들을 상대한다. 나를 사랑한다고 가정된 부모나 선생이 내 이름을 부르는 것은 '자연스러운' 과정이기에, 이름이란 게 얼마나 착각과 오류에 불과한지 알아채기는 거의 불가능하다. 이것은 동물과 달리 문화적인 규범과 상징적인 기호 체계 안에서 살아가야 하는 인간의 고통이고 슬픔이다.

　그 뒤로 계속 벌어지는 일들도 '자연스러워' 보인다. 내가 나이니 엄마는 엄마고 아버지는 아버지고 "산은 산이고 물은 물이다(이 문장은 마지막 장에서 다시 거론할 것이다)." 진실은 나는 내가 아니고 엄마는 엄마가 아니고 아버지는 아버지가 아니라는 데 있다. 그러나 그런 깨달음은 아주 뒤늦게 찾아올 수도 있고 평생 일어나지 않을 수도 있다. 그런 생각은 위험하고 불온하기에 발설해서는 안 된다. 삶은 긍정적인 의미에서나 부정적인 의미에서나 배움이다. 배움은 반복이고 반복은 닮은 것들을 찾아내 이 세계를 자명하고 연속적이며 안정적인 곳으로 구성하는 것이다. 우리의 배움은 "A는 A다"로 이루어진다. 왜 A를 A라고 불러야 하는지, 왜 A는 B가 아니고 꼭 A여야 하는지를 물어보는 아이들은 희귀하다. A를 A라고 불러야 칭찬과 웃음이라는 상을 받을 수 있기 때문이다. 설령 아주 예민한 아이가 있어서 질문을 한다고 해도, 그 아이는 자신의 질문에는 대답이 있을 수 없다는 것을 곧 알게 된다. 아이는 그 말이 자연스러운 것들의 근거를 의심하는 무시무시한 질문이라는 것을 (무의식적으로, 알 수 없는 느낌 속에서) 알게 될 것이다. 하지만 곧 그 아이는 벌을 받을 것이다. 어른은 더 이상 질문을 하지 않고, 또 질문을 받아들이지 못하기 때문이다. 아이의 질문을 진지하게 받아줄 어른은 있을 수 없다.

만약 아이의 질문을 받아줄 이가 있다면 그 아이에게는 행운일 것이다. 일상과 현실에 충실한 이들은 질문이란 불온하고 불행한 자들의 것이라는 편견을 가지고 있다. 극소수의 어른들만이, 어른의 가면 속에 아이의 느낌과 열정을 갖고 있는 이들만이 그 물음에 반응할 것이다. 다시 한 번 말하지만 "A가 왜 A여야만 하는가"는 대답이 불가능한 질문이다. 그때 어른의 가면 뒤에 숨은 아이들은 대답이 불가능하다고 말할 것이다. 나도 너와 같은 질문을 갖고 있다고, 그러나 대답은 내게도 없다고. 대답이 없는 질문, 말하자면 무가치한 질문(이라는 곤궁)을 공유하면서 우리는 이 세계가 우리에게 입힌 옷의 이물감을 교환한다. 우리는 가진 것으로 서로를 알아보는 세계에서 갖고 있지 않은 것을 나누면서 서로를 만난다.

바로 그때, 존재가 이름 바깥으로 나올 때

김소연 시인의 「바로 그때입니다」란 시를 함께 읽어 보자.[2] 시인은 시골길을 걷는 중이다. 지프차가 지나가는 곳이라면 군부대와 가까울 것이고, 인가와는 멀리 떨어져 있을 것이다. 한여름 지프차들이 자주 지나가는 길가에 나 있는 풀들에는 뽀얀 먼지가 두껍게 내려앉아 있을 것이고, 그런 곳에는 또 당연히 아무데서나 잘 자라는 쑥풀과 호박잎이 무성할 것이다. 약용으로도 사용되는 쑥풀은 지프차 바퀴에 깔려도 죽지 않을 정도로 지독하다. 이것은 흔한 풍경이다. 호박잎이 힘겹게 늘어져 있는 것으로 보아 비가 온 지 오래되었다. 갑자기 지나가는 비, 호랑이 장가가는 비가 내린다. 후두둑. 그런 비는 뽀얀 먼지를 걷어 낼 것이고 식물들은 푸른빛을 다시 찾는다. 우리가 자연에서 원하는 긍정적인 이미지는 이것으로 족하다. 뽀얀 먼지와 푸른 잎의 대비. 싱싱한 생명력이다. 생각하는 것만으로도 삶, 희망, 빛, 물기가 전해진다.

그러나 시인은 거기서 한 걸음 더 나간다. 그녀는 푸르른 여름의 신록을 통해 맑고 밝고 긍정적인 삶의 이미지를 전달하길 거부한다. 시인은 더 많이, 더 깊이 보기에 더 아픈 사람, 돌아오려고 떠난 자가 아니라 사라지려고 떠난 자이기 때문이다. 그녀는 후두둑 비가 내리면 호박잎이 너덜대며 찢어지는 것을 또/다시/기어이 본다. 쑥풀이 질기고 강한 반면 호박잎은 여리고 약하다. 호박잎은 작은 충격에도 쉽게 찢어진다. 쑥풀을 중심에 놓고 본다면 소낙비는 푸르고 싱싱한 삶을 선사하지만, 호박잎을 중심에 놓으면 그것은 '폭력'이다. 뙤약볕과 소낙비, 먼지와 풀잎의 대비는 우리를 익숙한 상징으로 데리고 간다. 하지만 호박잎과 소낙비의 대비는 우리를 불안(정)과 갈등, 분열과 두려움으로 데리고 간다. 대립으로 인한 갈등과 화해는 흔히 둘을 전제로 일어나는 움직임이다. 시인은 쑥풀과 소낙비의 조화를 호박잎으로 찢어버린다. 세 번째 항에 의해 두 항의 관계, 우리가 이미 알고 있는 관계는 불가능해진다. 시인이 말하는 '그때', 관념으로서의 화해가 실재로서의 뜯어짐에 의해 불가능해지는 그때는 사실 '바로 지금'이다. 하지만 우리는 지금을 보려고 하지 않는다. 위로와 화해, 평화에 대한 우리의 욕망은 자연의 이미지에 투사되고, 우리는 자연에게서 역시 우리가 알고 있는 것을 알아보려고 한다.

당신은 당신이 원하는 평화와 기쁨을 포기하고 '바로 그때', 아니 지금을 받아들일 수 있는가? 그때 우리는 눈을 감을 수도,

바로 그때입니다

김소연

지프가 한 대 지나가면
비켜서서 가장자리 쑥풀들을
밟겠습니다 몇 대 더 그런 차가 지나가면
호박잎이 뽀얀 흙먼지를 입겠고 힘겹게
늘어져 있을 테지만,
한 차례
짧은 비로
그 잎은 푸른 제 빛을 찾을 겁니다 그때가

반짝이며 빛나던 호박잎이 너덜대며 찢겨지는
바로 그때입니다

있던 곳으로 돌아갈 수도 없다. 그때는 자기위안에 동원되는 이미지가 찢기는 때이고, 내가 안전한 자리에서 찢겨 나와 미아가 되는 때이고, 갈 곳이 없어지고 움직일 수 없는 때이다. 그때 나는 타자에게 사로잡힌다. 그때는 타자가 나를 덮칠 때, 타자가 강도처럼, '첫눈에 반한 것처럼', 내가 무력해지고 타자가 그의 존재를 드러낼 때이다. 무력해진 나는 타자를 그저 받아들여야 한다. 타자가 내 몸에 찍힌다. '반짝이며 빛나는'에서 '너덜대며 찢겨지는'으로 일순간 상태가 변화된 호박잎, 바로 그때 존재의 진실을 드러내는 호박잎을 만난 시인은 더 이상 문장을 잇지 못한다. 바로 그때는 모든 말, 심지어 시도 정지하는 순간이기 때문이다. 나는 그것을 '폭력'이 일어나는 순간이라고 했다. 만약 소나비가 아니었다면 우리는 호박잎과 쑥풀의 차이를 보거나 느낄 수 없었을 것이다. '한차례 짧은 비'가 존재를 찢을 수 있는 힘을 갖고 있다는 것도 몰랐을 것이고, '잎'이 얼마나 여린지도 몰랐을 것이다. 이 시는 거의 모든 것을 기록했다. '바로 그때'에 대해. 쓰기와 움직이기가 불가능해지는 그런 순간에 대해. 최초의 순간의 폭력, 비와 잎이 만나는 순간의 폭력에 대해.

사실 봉제선은 이미 항상 뜯어져 있다

세계가 자명한 사람은 누구인가라는 질문에 일초의 망설임도 없이 '보수 반동'이라고 대답했던 학생이 있었다. 마땅히 있어야 할 것들이 제자리에 있는 세계, 나의 생활을 불편하게 만들거나 괴롭히는 것이 없는 세계란 모두의 것일 수 없다. 만약 문화적 관습 혹은 모국어를 내가 살기 위해 입은 옷이라고 말할 수 있다면 그 옷이 자신에게 잘 맞는다고 생각하는 사람들도 분명 있을 것이다. 그들에게 이 세계는 훌륭하고 완벽할지도 모른다. 그러나 만약 자신이 사용하는 언어, 혹은 도덕적 규범이나 문화적 가치가 자신을 위한 게 아닌 것 같은 느낌을 받는 이에게는 이 세계가 더 이상 자명하지 않을 것이다. 그러므로 우리는 이렇듯 자연스럽고 당연한 세계란 누구를 위한 것인가란 질문을 던질 수 있다. "A가 A인 세계는 누구에게 이로운가"라고. 우리는 이 세계가 모두를 위한 것이라고, 혹은 너를 위한 것이라고, 적어도 오직 자기 이익을 위한 것은 아니라고 말하는 이들을 의심해 봐야 한다.

이런 태도는 당연히 우리를 위태롭게 한다. 그런 질문은 내가 어떤 식으로든 주어진 것, 당연한 것, '상식'을 거부한다는 것을 증명한다. 사회화란 지금 상태를 받아들이고 긍정하며 거기에 맞춰 삶을 계획하는 것을 말한다. 거기에는 의심이 자리하지 않는다. 거기에는 열정, 기대, 가능성이 있을 뿐이다. 부정, 불행, 불안은 사회화에서 밀려났거나 사회화를 거부할 때 받는 느낌이다. 그것은 상승이 아니라 추락 혹은 하강의 느낌과 연관되어 있다. 탄생과 사회적 이름을 통과한 이들, 이제 자신을 '자신'이라고 생각할 줄 알게 된 이들에게 그 순간은 언제인가? 우리는 나와 사회가 일치하는 것, 즉 사회와 동화되는 것을 성장이라 부른다. 사회화에서 밀려나거나 그것을 거부하는 순간은 사실 누구에게나 열려 있다. 말하자면 내가 나인 게, 아버지가 아버지인 게, 엄마가 엄마인 게 도대체가 말이 안 되는 순간들은 도처에 있다. 친구와 엄마, 아버지가 내게 상처를 입힐 때, 내가 더 이상 이름을 믿을 수도 부를 수도 없게 될 때, 그 이름들이 나를 죽음의 상태로 내몰 때…….

이러한 어긋남의 순간 나는 죽음에 가까워진다. 더 이상 살 이유를 찾을 수 없게 된다. 왜냐하면 나는 네가 불러주는 이름들이었기 때문이다. 내 이름을 불러주던 이가 나를 부정할 때 나는 이름에서 밀려난다. 그것은 외상, 비참, 불행, 고통이다. 어떻게 아버지가 내게, 어떻게 엄마가 내게, 어떻게 친구가 내게…….. 그때 나는 돌아갈 곳이 없어진다. 나는 미아가 된다. 그때 받은 느낌은 너무나 강렬하다. 그때 나는 거의 죽은 거나 다름없지만, 그런 빈사 상태는 이름을 불러주지 않겠다고 위협하는 사회가 우리를 상대로 자행하는 폭력을 보여주는 동시에 내가 사회에 도전할 기회를 의미한다.

여기서 기회란 너덜너덜하며 찢어지는 호박잎을 기어이 바라보고 그것을 기록하는 사람이 될, 그 사람 편에 설 순간을 말한다. 그 찢김이 드러내는 세상의 진실을, 그 폭력을 '시'로 번역할 시간을 가리킨다. 당신이 어느 날 시골길을 걷는다면 그곳에서 너덜

너덜 찢긴 흔적을 안고 살아가는 호박잎을 볼지도 모른다. 찢어지고 있는 호박잎 앞에서 우리의 말문은 막힐 것이다. 그 앞에서는 어떤 감상도 불가능할 것이지만, 찢어졌던 흔적을 갖고 살아가는 호박잎은 우리를 또 성장시킨다. 김소연 시인은 그런 '다음'에 대해서는, 이후의 삶에 대해서는 기록하지 않았다. 그것을 생각 못해서 쓰지 않은 것이 아니다. 다만 우리에게 어떤 중지, 침묵을 만날 기회를 주기 위해 '그때'에서 급작스럽게 시를 끝냈을 뿐이다. 나는 이 사회와 친밀한 이름들로부터 추방되면서 거꾸로 이 사회의 방향과는 다른 방향을 모색할 기회를 얻는다.

사회는 행복, 좋음, 사랑, 건강, 충만, 안정과 같은 명사들을 권장한다. 저 단어들은 지금 있는 것들에 동의하고 거기에 맞춰 살아가기를 우리에게 강요한다. 무엇이 행복이고 좋은 것인지는 수치화되고 통계화되어 있다. 즉 그것은 재현될 수 있고 묘사될 수 있고 합의에 이를 수 있는 것들이다. 한마디로 '가능성'이다. 저 단어들은 결핍이 없는 상태를 묘사한다. 저 단어들은 모두 '있음'을 찬양한다. 행복한 사람은 사랑, 건강, 재산, 관계 등등을 갖고 있다. 행복은 소유할 수 있고 이미 사회적으로 합의된 것이기에 일반적이다.

그런 점에서 행복은 평균적이고 밋밋하다. 그것은 누구나 알아보고 선망하는 외적 풍경이며, 사적이고 은밀한 삶들이 광장에 노출되어 있는, 말하자면 포르노적 감정이다. 즉 행복은 사람들의 시선에 노출된 우리를 스스로 외면할 때의, 남들이 우리를 보고 있다는 것을 보지 않은 척할 때의 감정이다. 행복은 우리를 대상화한다. 그것은 굴종의 감정이다. 그런 점에서 행복은 사회에 기여하지 개인에게 기여하지는 않는다. 말하자면 우리는 행복할 때 혹은 행복을 추구할 때 자신으로부터 소외된다. 행복은 개인의 욕망과 삶을 사회적 가치로 환산하려는 움직임 안에서 일어나는 환영이며, 자명한 질서에 유익한 도구이다. 우리는 행복할 때 자기를 잃는다.[3] 행복은 사회적 인정, 즉 바깥으로부터 내게 오는 수동적 감정이기 때문이다.

반면 불행은 결핍의 느낌이나 의식이다. 이것은 개별적이고 구체적이다. 불행은 광장에서 밀려난 감정, 지하실이나 음침한 구석으로 숨어든 이들의 감정이고 상태이다. 행복이 양화되고 보편화되고 일반화될 수 있는 것은 그것이 '갖고 있는' 것들을 통해서 이야기되기 때문이다. 광장으로서의 사회는 행복한 이들을 구성원으로 인정한다. 그렇기에 불행한 이들, 사회적 가치나 규범에 못 미치는 이들을 책임지거나 떠안으려 하지 않는다. 불행은 사회적 외피가 해진 이들, 삶이 위험해진 이들이 느끼는 것이다. 하지만 행복과 달리 불행은 다양하고 복잡하고 다채로우며 심지어 화려하다. 불행 역시 사회적 관계 안에서 벌어진다는 점에서 집단적인 것은 분명하지만, 받아들이는 이들의 차이, 다양성, 맥락에 의해 무수한 무늬를 드러낸다.

우리는 상처를 입고 불행할 때 뭔가 말로는 다할 수 없는 엄청난 감정, 자신이 감당할 수 없는 감정에 휩싸인다. 이 순간 사회적 이름들이나 언어는 무력해진다. 즉 언어는 나의 불행과 고통을 전달하는 데 쓸모 있는 도구가 아니라는 게 판명된다. 그래서 그 순간을 지난 이들 중 누군가는 침묵(이란 언어)을 발명하고, 폭력(이란 언어)을 사용하고, 혼잣말을 하고, 결국에는 '시인'을 떠올린다. 침묵, 폭력, 혼잣말, 시인은 위험한 말이다. 물론 사회는 광장을 어지럽히는 폭력에 가장 민감할 것이다. 행복의 광장을 횡단하는 폭력의 출현에!

불행은 헐벗은 채 두려워하며 떨고 있는 자기를 목격하고 증언해야 하는 순간의 감정이다. 그런데 역설적이지만 우리는 이러한 불행과 비참 속에서 비로소 '자기'가 된다. 내게 젖과 이름을 주었던 사회로부터 냉대를 받는 순간, 나의 이름이 비참과 굴욕에 노출되는 순간에 우리는 진정한 자기를 본다. 말하자면 사회적 외피가 가장 헐겁게 뜯겨 나갈 때 우리는 탄생의 순간에 느꼈던 감정을 떠올리고 다시 산다. 이것은 우리가 잊었던 최초의 경험이 돌아오는 순간이고, 사회 바깥으로 추방당하는 순간이고, 고독의 순간이고, 생사의 기로에 서는 순간이다. 이러한 '두 번째'는 여러 번 일어날 수도 있지만, '최초의 경험'을 떠올리게 되는 순간들이라는 점에서 언제나 두 번째로 계산된다. 두 번째인 이때에는 젖 주는 엄마나 양육자가 없다. 대신에 두려움에 떨고 있는 자신을 보고 있는 또 다른 자신이 있을 뿐이다.

　그 순간 우리는 결정해야 한다. 우리는 가장 비참하고 비천한 자기를 목격하는 순간에 박탈당한 자기를 죽일 수도, 박탈당한 자기를 목격하는 또 다른 자기를 죽일 수도 있다. 절체절명의 순간이 지나면 누군가는 노숙자가, 누군가는 미친 사람이, 누군가는 범죄자가, 누군가는 '죽은 자'가 될지도 모른다. 목격하고 감시하고 설득하는 자기, 다시 사회로 돌아오라고 명령하는 자기의 힘은 그다지 강하지 않다. 나를 지켜 준다고 생각한 보호막은 사실 신기루이기 때문이다. 약하고 상처 입고 고독한 자들은 신기루가 사라졌음을 보는 자들이다. 그들은 지금껏 자신에게 부착되어 있던 사회적 이름들의 집요함에도 불구하고 자신을 사회에서 지워버린다. 그 결과 익명 또는 무명의 존재는 이상한 눈을 얻는다.

　그들은 자신들이 탄생 이전으로, 이름이 없었던 시간으로 되돌아가는 것을 본다. 다시 모체로 돌아가거나 젖 주는 이에게 안기고 싶은 퇴행이 일어난다. 퇴행은 지금 행복하지 않은 이들이 계속 살기 위해 선택한다는 점에서 반사회적이고 비천하고 슬픈 길이다. 범죄자들은 이제 자신의 것이 아니거나 영영 자신의 것이 될 수 없을 사회적 이름(부유함, 행복, 믿음)을 공격하면서 자신의 이름을 앗아간 사회에 분노를 표출한다. 노숙자는 이름 밑으로 내려가버리고, 미친 자는 이름을 잊어버리고, 자살하는 사람들은 이름 너머로 떠나버린다. 서울역에서 우리는 이름이 없는 자들, 물건이 된 자들, 아픈 자들, '지금 죽은 자들'을 본다.

사회적 죽음은 역설적으로 자기와 자기의 만남을 일으킨다. 삶과 이름 사이에서 우리는 이름 안으로 들어가거나 바깥으로 밀려나고 있을 것이다. 내 것이 아닌 이름은 나의 삶을 볼모로 사회를 유지하려 한다. 반면 이름 바깥의 삶들은 사회의 냉대와 폭력을 그 자체로 고발하면서 '벌거벗은 삶'을 증언할 것이다. 사회는 그들을 보호하지 않는다. 사회는 그들 앞에서 발톱과 이빨을 잔인하게 드러낼 것이다. 이름을 잃은 자들은 무가치하고 생산성이 없는 자들이기 때문이다. 사회는 잔인하고 냉혹한 이익 집단이다.

그래서 이러한 상황을 좀 더 분명히 드러내기 위해 추상적이고 중립적인 '사회', '구조'라는 단어 대신에 '권력'(푸코), '이데올로기'(알튀세르), '신화'(바르트), '상징계'(라캉)와 같은 단어를 사용했던 위반적 지식인들이 있다. 그들은 사회란 그에 속한 개인을 보호하고 안전하게 하는 공동체라는 통념을 찢고, 우리의 희생과 억압, 심지어 우리의 자발적인 동의와 복종을 통해 지속되는 권력이고 이데올로기라고 고발한다. 위반적 지식인들은 우리가 가족, 국가, 민족, 종교와 같은 공동체적 가치를 거부해야 한다고 주장한다. 그래서 우리가 사회의 영속을 위해 동원된 부품에서 벗어나기 위해서는, 우리의 삶과 영혼을 되찾기 위해서는, 먼저 불행한 자가 되어야 한다. 불행을 경유한 뒤에야, 혹은 세계와의 불화를 겪은 뒤에야 우리는 비로소 대화를, 사유를 할 수 있고 자기 자신으로 살 수 있다.*

오 시여, 시인이여!

'시인'은 낡고 추레하며 잊히고 있는 인간이다. '궁핍한 시대의 시인'이란 표현은, 풍족하고 밝고 나른한 시대는 시인을 요청하지 않는다는 전제를 깔고 있다. 나는 시인을 기성의 당연하고 자연스러운 세계관이나 감정이 아닌, 낯설고 불행하고 슬픈 감정들을 보존하고 발굴하는 이들을 가리키는 말로 사용하고 싶다. 시인은 단지 시를 잘 짓는 직업인이나 전문가를 뜻하지 않는다. 시인은 앞서 말한 노숙자, 미친 사람, 범죄자, 지금 죽어 가는 자의 상태를 언어화하려는 이들이다. 시인은 사회적 이름이 너덜너덜해진, 벌거벗은 삶 밖에는 가진 게 없는 이들의 동족이고, 그들의 모습을 진짜 인간의 상태로 고쳐 부르길 선택한 자들이다. 이건 사실 사후적인 묘사일 뿐이다. 시인은 자신이 대단한 일을 한다는 자각은 갖고 있지 않기 때문이다.

시인은 기성의 것들은 너무나 지루하고 권태롭기에, 광장에 있는 것들은 이미 다 본 것들이기에 아직 잘 보이지 않은 것, 볼 만한 가치가 있는 것들이 남아 있는 허름하고 낡은 곳을 뒤진다. 그들은 고통과 불행에 진실한 삶이 들어 있다는 것을 알아차린 자들이고, 상처받은 것들의 무능함은 사실 유능함으로 고쳐 불러야 한다는 것을 알고 있는 자들이다. 그들은 벌거벗은 삶에 합당한 이름과 언어를 덮어 주려고 한다. 이들은 기존의 것, 두 번째 것인 사회적 이름들이나 사회적 가치의 무능을 고발한다. 시인은 벗겨 내는 자들이다. 또한 그들은 사회가 이미 알고 있는 몸과 감정, 고통이 아닌, 그/그녀가 새로이 발명해 내야 하는 몸과 감정, 고통을 새로이 출현시키려고 한다.

그들은 다시 살기 위해, 제대로 살기 위해, 계속 살기 위해, "주어진 말이 아니라 찾아내야만 하는 말"(모리스 블랑쇼)을 발굴하려고 한다. 그것은 첫 번째 말이기에 터무니없고, 들릴 수 없는 말이기에 미친 것이고, 삶으로 충만한 말이기에 쾌락이고, 가난한 말이기에 맑다. "A는 A"라고 하는 사회적 언어는 살아 있는 존재들을 위한 말이 아니다. 그런 점에서 이미 죽은 말이다. 죽은 말 속에서 사는 사람은 얼마나 많이 아플까. 아니 그것은 모욕이다. 나의 유일무이한 느낌과 경험, 삶을 위한 말은 남들도 쓰는 것이어서는 안 된다.

다시 태어나는 인간은 상식과 '자연스러움'만으로는 자신의 느낌을 설명할 수 없어 스스로 말을 찾아낸다. 자신의 이름을 중

---

*   한나 아렌트는 "고독 속에서도 언제나 대화는 일어난다. 심지어 고독 속에서도 언제나 둘이 존재하기 때문이다"라고 말했다. 아렌트는 무기력한 고립의 감정인 외로움을 사회에서 배척당했을 때 인간이 갖는 절망의 감정으로, 고독을 사유를 위한 홀로 있음으로 구분했다. 앤디 워홀은 "나는 늘 하나는 친구, 둘은 군중, 셋은 당이라고 말한다"고 했다. 그에 따르면 고독한 자만이 우정을 말할 수 있다.

고의 언어로 불러 주던 사회로부터 거부당한 자가 고통에 언어를 부여하고 고귀함과 아름다움을 깃들게 할 때에야 그 사람은 진정으로 '태어난다'고 할 수 있다. 시인은 사회화를, 상식의 사회를 거부함으로써 자신의 살아 있음을 증언할 언어를 발굴한다. 나는 그 순간을 위대한 거부가 감행하는 스타일이라고 부르고 싶다. 새로운 스타일은 기존의 것들을 인용하되 그것들이 스스로를 부정하고 위험에 처하게 만드는 방식으로 작동한다. 모든 저항과 위반은 이미 있던 것들을 대상으로 한 싸움이다. 이미 있는 것들을 뒤져서 거기에 어떤 힘이 있는지를 찾아내는 이들은 브리콜뢰르 bricoleur이고 넝마주이들이다.

시인의 언어는 완전히 새로운 것도 그렇다고 낯선 것도 아니다. 시인은 주어진 것들을 뒤져서 새롭게 조합해, 기존의 언어를 더럽고 불결하고 불길하게 만든다. 그렇기에 창조는 아니다. 창조는 전적으로 새로움을 욕망하는 것이지만 시인들은 새로운 것을 욕망하지 않는다. 새로운 것은 언제나 낡아 가고 우리 손에 들어 있는 것은 이미 충분히 낡은 것뿐이다. 그들은 고통받고 불행한 이들의 삶을 기성의 것들을 비틀어서 드러내고, 사회가 이해하는 것과는 다른 방식의 불행의 무늬, 불행의 고귀함을 증언한다.

지금까지 나의 말은 장황하고 뒤죽박죽이었다. 나의 말, 결함이 많은 말, 말 같지 않은 말을 알아들으려고 계속 여기에 머물렀다면, 이제 당신은 당신의 동의를 구하길 거부하면서 어쩌면 당신을 공격할 수도 있는 다음의 문장을 이해할 수 있을 것이다.

진실, 지식, 명예로운 특권, 아름다움, 예술과 언어의 아름다움을 포함한 모든 가치들, 한마디로 인류 그 자체, 우리는 그것을 기존의 세계에 동의하는 이들에게 양도한다. 그것은 그들의 것이다. 선은 그들 진영에 있다. 그들이 신 혹은 휴머니즘이라 일컫는 것과 더불어 살듯이 이 선과도 함께 하기를! 그것은 그들의 것이며 오직 그들에게만 가치 있을 뿐이며 그들 사이의 소통만을 허락한다면 그렇다면 다른 이들은? 다른 이들에게는 다시 말해 가능하다면 우리에게는 결핍, 언어의 부재, 무의 힘, 마르크스가 정당하게 '나쁜 쪽'이라고 지칭하는 것, 즉 비인간적인 것, 물론 여전히 하나의 이데올로기일 테지만 이미 근본적으로 다른 것 그리고 거기에 도달하기 위해서 우리는 언제나 다시금 우리를 가치들로부터, 이미확보된 가치로서의 자유까지를 포함한 모든 가치로부터 해방시켜야만 하는 그런 것, 대단히 심각하고 힘든 말이지만 달리 표현하자면 보편성이라는 범주의 파괴라고 말할 수 있는 것, 그런 것이다. 그것은 일종의 광기로 이끌지 않겠는가? 맞는 말이다. 그러나 현대 사회에서 집단적 사고의 방식은 언제나 은폐되어 있는 방식임을, 정신분열적이거나 과대망상이거나 혹은 동시에 양쪽 모두라는 사실을 이해하자. 사회가 친

절하게 제안하는 대로 우리가 치유되길 바란다면 우리는 부
지중에 보이지 않는 창살 뒤에 있게 되는 것이다.[4]

그러므로 우리는 치유를 거부할 것이고 기꺼이 나쁜 쪽에 설
것이고 사회와 언어와 상식의 외피를 벗어야 할 것이다. 왜냐하면
우리는 유일무이한 존재이고 삶이라는 낫지 않는 병을 긍정하는
존재이기 때문이다. 우리는 병약하고 유약하고 예민한 살과 피부
를 가진 존재로서 건강하고 행복하고 아름다운 사회 바깥으로 밀
려나려는 이 긍정과 능동의 힘을 통해 계속 살아 있을 수 있다. 우
리는 언어의 무능과 폭압에 저항하면서 나 자신을 위한 언어, 내가
살 옷과 외피를 발굴하고 나의 삶을 보존할 형식을 찾아야 한다.
    이제 나는 행복이 아닌 불행의 편에, 수긍이 아닌 의심의 편
에 서는 게 진실에 다가가는 것이라고, 진실에 예의를 갖추는 삶
이라고 생각했던 이들의 시를 소개하고 분석할 것이다. 그들의 시
는 읽을 수는 있지만 온전히 느낄 수는 없다. 먹을 수는 있지만 소
화는 안 되는 요리는 내 몸을 힘들게 한다. 나는 설사를 하고 구
토를 하고 아플 것이다. 그것은 나를 위험하게 한다. 마치 새로운
세균을 자신의 몸에 배양했던 과학자나 의사처럼, 죽음과 삶 사이
에서 새로운 몸을 출현시켰던 상상력의 대가들처럼 우리는 우리
의 몸이 시인의 말에 흠뻑 젖을 수 있도록 있는 힘껏 우리 자신을
내던져야 한다.

시는 감수성의 말이다. 그것은 수학이나 과학적 언어가 아닌, 어느 순간 내 몸이 반응하는 비논리적인 말이다. 몸이 반응하는 말은 아주 늦게 온다. 예정보다 빨리 온 것은 나를 기쁘게 할 것이지만, 늦게 온 것들은 나를 강하게 할 것이다. 시는 사회적 삶으로 고통받는 개인의 몸과 감수성, 상상력을 보호하는 말이다. 시인은 나보다 먼저 아프고 먼저 앓았던 자이다. 시인은 질병을 자신의 몸으로 감당하면서 몸이 하는 말을 수신하는 자들이다. 시인은 기꺼이 아프려 하기에 건강하게 아프다. 시인은 의사이면서 환자이고 사디스트이면서 마조히스트이다.

당신은 그들의 말을 아주 쉽게 알아들을 수도, 정녕 알아듣지 못할 수도 있다. 물론 폭력적인 탄생과 강제적인 성장은 당신조차 모르는 어느 곳엔가 상처와 굴욕감을 새겨 놓았을 것이다. 당신의 몸에 새겨져 있을 낙인, 그러나 당신은 아직 알아차리지 못했을 그 굴욕감 때문에 당신은 이미 그 말을 수신하고 있을지도 모른다. 당신은 어쩌면 이미 항상 예술가, 어린아이, 미친 사람, 외계인이었을지 모르지만 그것을 확인할 기회는 많지 않았을 것이다.

그때 시인은 당신이 부끄럽고 끔찍해서 차마 입 밖으로 발설하지 못했던 잔인하고 고통스럽고 슬프고 아픈 말들을 대신 해준다. 당신은 조금 더 약하고 슬프고 불행하고 불안해질 필요가 있다. 시인의 말은 당신을 여성으로, 아이로, 장애인으로, 동성애자로, 아픈 사람으로 만들 것이다. 약한 것들은 실력이나 능력 같은 사회적 확신에서 자꾸 뒤쳐진다. 시인들은 죽음 가까이에서 사는 이들이고, 약자들이고, 영생이나 완치나 건강이란 단어의 자명함을 의심할 기회를 선물받은 이들이다. 우리는 오래 살기를 원한다고들 하지만 도대체 오래 산다는 것은 무엇을 의미할까? 그저 목숨을 지속시킬 뿐인 삶에 무엇이 남아 있다는 걸까?

영원을 희망하는 이 모든 언어는 우리가 늘 죽어 가고 있는 생명체라는 사실의 굴욕감과 비참을 삭제한 채로, 유일무이한 우리의 삶을 이미 있는 것, 매뉴얼, 사회적 규범에 종속시킬 것을 명령할 뿐이다. 우리는 단 한 번 살지만 한 번도 제대로 살지 못한다. 우리는 내 안에서 나 대신 살고 있는 것을 나에게서 몰아내려는 움직임을 감행해야 한다. 그렇지 않으면 나는 나 대신 살고 있는 것에게 먹혀버린 채 그것이 말하고 생각하는 대로 살게 될 것이다. 이 세계를 의심하는 것은 나를 의심하는 것이다. 그래서 세계의 자명성을 의심하는 것은 나를 위험에 처하게 만든다. 그것은 고통스러운 일이다. 그러나 나는 이것을 '강렬함의 경험'이라고 고쳐 부르길 원한다. 고통은 위험하고 강한 것들 대신 노예를 원하는 사회에서 우리에게 강요된 이름일 뿐이기 때문이다.

우리는 부정적인 것의 고귀함을 통해, 또 부정적인 것에 고귀함을 부여함으로써 자기 자신으로 다시 태어날 수 있을 것이다.

3

딸들은 아버지를 죽이고
자기 자신이 된다

'여자 되기'는 추락이다.
더 철저히 추락하고 비천해지지 않으면
폭력에 대한 저항은 불가능하다.

비명의 레이스 비명의 프릴 비명의 란제리로
밤단장한 아버지 처녀 척하는 아버지 그래봤자 아버진
갈보예요 사지를 버르적거리며 경련하는 아버지 좋으세요
아버지 아버지로부터 아버지를 뿌리째 파내드릴게
　– 김언희, 「가족극장, 이리와요 아버지」

　　신화 속 오이디푸스는 어머니와 몸을 섞어 자식을 낳고 아버
지를 살해할 것이라는 신탁의 예언을 자신의 무지와 실수로 인해
하나하나 실현한다. 테베의 왕인 오이디푸스는 거리에서 만난 술
취한 노인을 아버지인 줄 모르고 죽였다. 어머니였지만 아내가 된
이오카스테는 자살을 하고 오이디푸스는 이 모든 사실을 알고 난
뒤, 이 모든 것을 보았고 또한 잘못 보았던(둘은 사실 같다) 눈을
찌르고 테베를 떠나 영원한 방랑의 길에 오른다. 오이디푸스는 경
쟁자인 아버지를 죽이고 새로운 아버지가 되는 남성 중심의 문명
사를 함축한 친부살해patricide를 신화 속에서 선취한다. 생물학적
아버지의 살해는 오이디푸스의 무지와 실수 때문이다. 동시에 그
것은 이미 그의 탄생과 함께 몸에 각인되어 있던 운명이었다. 그의
모든 행위는 자신의 무지와 실수를 증언하는 데 오롯이 바쳐진다.

프로이트는 남자아이의 변화를, 어머니가 아버지의 것임을 인정하고 아버지의 법에 복종하면서 또 다른 아버지가 되는 것을 성장이라고 말한다. 프로이트에게 성장은 남아의 남성되기, 남자의 문화화다. 남성성 역시 문화적 산물이다. 신화 속 오이디푸스는 어머니와의 분리를 거부하고 어머니에게서 거세된 '자지'가 되면서 아들의 남근(법)이 되었다. 오이디푸스는 아들이면서 아버지였다. 저주받은 그는 인간 사회에서 영구히 추방당한다. 그런 점에서 '오이디푸스 콤플렉스'는 남아가 아버지의 힘을 인정하고 거기에 복종하면서 거세된 존재인 어머니로부터 떨어져 나오는 것, 즉 어머니의 남근이 되는 대신에 아버지처럼 남근을 소유하는 것을 뜻한다. 그러므로 오이디푸스 콤플렉스는 반드시 있어야 하는 '열등감'이다.

싫어할수록 닮아버리는, '아버지라는 이름'

신화 속 오이디푸스는 자신이 아버지의 은유로서의 사회와 질서와 법을 무너뜨렸다는 것을, 왕인 자가 법을 어겼다는 것을, 어머니와 간음해 낳은 자식이 형제라는 것을 알게 된다. 왕인 오이디푸스는 천하의 호래자식인 자기 자신에게 벌을 내린다. 사회의 질서를 위반한 오이디푸스를 처벌할 사람은 왕이다. 그래서 오이디푸스는 둘로 나뉜다. 법을 지키고 수호할 사회적 자아와 욕망을 따른 자아(근친상간은 문명을 위험하게 만들 만큼 집요한 욕망이다)로 찢긴 오이디푸스는 잘못 보고 잘못 이해한 오이디푸스 자신을 사회에서 추방한다. 사회는 호래자식 오이디푸스에 대한 오이디푸스의 자기 처벌로 정화된다. 왕 오이디푸스의 이름은 모욕당하지 않는다. 그는 사회적 이름(왕 오이디푸스)과 욕망의 존재(이것은 이름이 없다. 굳이 있다면 '호래자식'이나 '개자식'과 같은 욕이고 고유명사는 욕망의 삶에 붙을 수가 없다)를 모두 떠안음으로써 사회와 개인을 모두 구제한다.

한편 적자 중심의 유교사회에서 서자로 태어난 홍길동은 '아버지를 아버지라 부르지 못하는' 자신의 불행을 호부호형(呼父呼兄)이란 사자성어로 남겼다. 그는 아무리 올바르고 규범적이고 정상적으로 행동한다고 해도 출생 자체가 규범에 대한 접근을 금지하는 불행을 안고 태어났다. 홍길동은 신분제 사회, 엄격한 서열이 존재하는 사회에서 생물학적인 아버지 홍판서를 아버지라고 부르지 못했다. 사회적 이름일 뿐인 홍판서 역시 홍길동을 아들로 인정하지 않았다. 사회가 인정하는 자리에서 추방당한 홍길동은 의적이 되었다. 부정의한 사회에서 타락한 아버지(란 이름)의 아들이 될 수 없었던 홍길동은 스스로 아버지(정의, 도덕)의 자리에 올라갔다. 홍길동은 타락했던 이름을 의로운 행위를 통해 정화시켰다.

오이디푸스와 홍길동은 아버지란 이름의 권위, 혹은 이념을 인정한 아들들이자 동시에 아버지들이다. 그들에게 아버지는 계속 지켜 내거나 새로 창조해야 하는 사회적 규범이었다. 그들은 각자의 방식으로 '올바른' 자들이었다. 여기서 잠시 시 한편에 눈을 돌려 보자. 남성과 여성의 정체성을 모두 갖고 시를 쓰는 황병승은 자신의 첫 번째 시집 『여장 남자 시코쿠』의 첫 번째 시 「주치의 h」를 "떠나기 전, 집 담장을 도끼로 두 번 찍었다 그건 좋은 뜻도 나쁜 뜻도 아니었다"로 시작한다.[1] "아버지와 어머니 사랑하는 누이가 식사를 하고 있는" 전형적인 가족 풍경에서 떠나는 화자─아들은 숱하게 많은 이야기들이 식구(食口)들의 입을 통해 떠돌아다니는 식탁에서 늘 침묵했다. 가족은 식탁에 모여서 함께 밥을 먹고 대화하는 사람들, 식구라는 말 그대로 '먹는 구멍들'의 공동체다. 그런데 입은 말이 나오는 구멍이기도 하다. 입은 밥을 먹고 말을 뱉는다(싼다). 대화는 똥이다. 이러한 입의 두 가지 기능이 황병승에게는 가족의 토대다.

물론 여기에 나오는 풍경은 아주 사소하고 평범하지만 소중한 가족의 모습이다. 동시에 아주 지루하고 뻔하고 권태롭기도 하다. 화목한 분위기 아래에서 비교와 평가와 강요가 아버지와 어머니, 아버지와 자식들 사이를 돌아다닌다. 화자는 이런 풍경에 계속 앉아 있을 수가 없었다. 그것은 하나마나한 이야기들이 중계되는 아침 TV 드라마, 어제 본 것을 오늘 또 보는 지루한 무대이기 때문이다. 이런 지루한 관계에서 벗어나기로 한 아들이 가출하면서 감행한 이별의 의식은 그다지 거창하지도 대담하지도 않다. 도끼는 기둥을 찍는 데 어울리지, 담장에는 맞지 않는다. 그런데도 화자는 기둥이 아닌 담장을 두 번 찍는다. 다시는 돌아오지 않을 곳, 아버지라는 이름이 지배하는 곳으로부터 탈출하는 것이라면 그는 수없이 기둥을 찍어야 했을 것이다. 그렇게 해서 자신의 힘을 증명하거나 자신의 실패를 눈앞에 드러내야 했을 것이다. 그것이 우리가 알고 있는 저항의 전형이다.

화자는 그런 전형을 사용하지 않았다. 그의 도끼는 분노를 암시하지만 그 분노는 전시되지 않는다. 그의 분노는 연기에 가깝다. 그래서 화자는 시의 뒷부분에서 "어쩌면 나는 평생 그곳을 들락날락 갔다 떴다, 해야 할지도 모르겠지만"이라며 가출과 귀환을 반복한다. 황병승의 시가 낯선 것은 화자의 행동이 죽은 상징 바깥에 있기 때문이다. 집을 무너뜨리지 않는 도끼와 계속 돌아오는 가출이 그렇다. 이때 도끼와 가출은 무엇을 가리키는가? 여기 나오는 도끼와 가출은 그 말들의 일반성과 전형성에 저항한다. 황병승에게 집, 아버지, 도끼, 가출은 모두 시시한 것이다. 그에게는 오이디푸스나 홍길동이 가진 파토스가 없다. 아버지(의 권력)를 혐오하는 아들은 보통 아버지(의 권력)를 닮는다고 한다. 가장 혐오하는 것들은 가장 사랑하는 것이기도 한다. 그래서 리비도가 지나치게 많이 투여된다. 아들은 아버지를 혐오하면서 아버지가 된다. 이것이 정신분석에서 말하는 인간 삶의 진실이다. 화자는 가족을 싫어하지만 다시는 돌아오지 않을 만큼 혐오하지는 않는다.

우리 모두는 그가 혐오하는 가족의 풍경을 잘 알고 있다. 화자의 가출에는 오이디푸스 콤플렉스가 잘 드러나지 않는다. 그러므로 그는 '집'을 세우고 거기서 주인으로 살아가는 남자들의 뻔한 행동은 하지 않을 것이다. 그렇기에 그는 도끼를 들었으되 담장이나 찍는, 뭔가를 하되 그것을 의미 있는(좋은 것이나 나쁜 것으로 불리는) 행동으로 만들어 줄 '대의' 없이 행동한다. 화자는 세상이 한심해 보이지만, 가족이란 집단의 행복한 풍경을 경멸하지만, 그것 때문에 어떤 행동을 하고 결단을 내리는 의연한 남자는 아니다. 그를 사로잡은 것은 권태에 가깝다.

권태는 혐오이지만 증오는 아닌, 가까움이지만 사랑은 아닌, 행위이지만 열정은 아닌, 중간에 머무르는 감정이자 태도다. 권태는 감정이 촉발한 행동을 무의미하게 만든다. 황병승 시의 화자는 싸우고 점령하고 죽이고 승리하는 남자들의 세계에 무심한 남자다. 황병승의 시에는 그렇게 사회적 의미 안에서 일어나는 선택이나 결단이나 행동에 무관심한 사람들, 함께 모여서 이야기하지만 이상한 이름을 가진 사람들, 모국어가 아닌 것 같은 언어로 이야기하는 사람들이 등장한다. 좋은 것도 나쁜 것도 아닌, 그저 이상한 일들만이 자꾸 벌어지는 세계에서 사는 사람들이.

소멸을 향한 말 — 실비아 플라스의 '아빠 개자식'

이제 나는 여성 시인들의 문장을 빌려 여성에게 아버지는 어떤 존재인지, 아니 어떤 이름인지를 이야기할 것이다. 곧 아버지가 될 아들들에게 아버지는 권위, 법, 도덕, 질서와 등치되는 관념이고 기호이다. 아들들은 아버지와 대결하거나 그를 죽이면서 아버지가 된다. 아들은 아버지와의 관계를 통해서 사회를 보강하고 유지하는 역할을 맡는다. 그렇기에 (이성애자) 남성들이 사회적 가치의 대변자이고 사회는 남성들을 위한 장소라는 주장이 가능하다. 가족, 사회, 국가, 민족은 모두 남성들을 위한 장소, 집이다. 여성은 남성들의 장소인 집에서 보호받아야 할 무기력한 존재들이다. 여성은 그렇기에 집에 맞춰 자기를 조율해야 한다. 여성은 집안의 가구이고 천사이고 아내, 엄마, 주부란 이름만으로 충분한 존재들로 간주된다. 이름이 삶을 채 담을 수 없는 억압적인 옷이고 감옥이라면, 사회로 나가는 길이 차단된 여성이 입은 옷은 남성들이 입는 것에 비해 훨씬 더, 비교가 불가능할 정도로 억압적일 게 분명하다.

우울증은 젠더의 표식을 갖고 있지 않다고 하지만, 여성들이 겪는 우울증은 남성들이 겪는 것의 거의 두 배나 된다. 여성의 문제가 타자의 문제, 인간으로 환원되지 않는 사람들의 문제가 된 것은 비교적 최근의 일이다. 1970년대에 이르러 여성들은 남성과의 차이, 인간화되지 않고 남는 잔여를 긍정하기 시작했다. 이전에 프로이트는 오이디푸스 콤플렉스를 겪지 못하는 여성, 남성만큼 사회화에 있어서 강한 투쟁을 겪지 않는 여성들을 믿을 수 없는 부류의 인간으로 간주했다. 하지만 여성주의자들은 여성들이 친부살해를 겪지 않았기에 더 도덕적이면서 덜 폭력적인 가능성을 갖고 있다고 의미를 부여했다. 즉 여성은 더 평화적이고 윤리적인 존재로서 남성 문화의 대안이 될 수 있다는 것이다.

그러나 이제 다룰 시들에서 여성 시인들은 기이한 폭력을 실연한다. 여성의 사회적 위치를 자각하는 시인들, 여성의 사회적 삶은 이미 실패라는 것을 깨달은 시인들이 있다. 그들은 자신의 소멸을 위해 먼저 아버지를 상징적으로 죽이거나, 아버지를 '구원'하기 위해 그를 모욕한다. 그들의 언어는 폭력에 대한 기존의 편견으로는 파악할 수 없는 것이다. 실비아 플라스와 김언희 시인의 시는 모두 딸과 아버지의 관계를 소재로 한다. 두 시에서 아버지는 강한 남성이다. 강한 아버지와 딸들은 사활이 걸린 전투를 시작한다. 우선 자신을 제대로 죽이기 위해서이고, 또한 아버지를 제대로 구하기 위해서이다.

*

여성 시인의 아버지 죽이기와 연관해서 실비아 플라스의 「아빠」 읽기는 상당히 충격적이다.[2)] 아버지가 아니라 '아빠'를 죽이는 시이기 때문이다. 실비아 플라스는 죽은 아빠를 다시 불러내 살해하는 '엑소시즘'을 무대에 올린다. 실비아 플라스는 이 이상한 시를 쓰고 몇 달 뒤에 자살한다. 실비아는 이 시를 통해 모든 아버지, 남편을 포함한 모든 아버지에 대한 살해를 기도했다.

서른한 살의 실비아 플라스는 1963년 2월 11일 가스를 틀고 가스오븐렌지 속으로 머리를 집어 넣은 채 죽음을 맞았다. 그녀의 이토록 확실한 죽음은 일찍 자살한 이들의 작품을 읽으며 아직 죽지 않은 자기를 위로받으려는 이들에게 전율과 두려움을 불러일으킨다. 그녀는 어린 자식들이 자고 있는 방으로 가스가 새 나가지 않도록 주방의 문틈을 테이프로 막고 오븐렌지 안으로 '대가리'를 밀어 넣어 완벽한 죽음을 연출했다. 우리는 이렇게 실수를 제거한 죽음을 욕망한 실비아를 감히 안다고 말할 수도, 쉽게 애도할 수도 없다.

실비아는 계속 떠도는 이름이다. 실비아의 자살은 모든 삶의 목적은 죽음(타나토스thanatos)이라는 프로이트의 주장을 대변하는 것 같다. 설명할 수 없는 우울을 갖고 다니던 20대의 내게 "피의 분출은 시다, 그것을 막을 수는 없다"란 실비아의 문장은 검고 딱딱하게 굳은 피였으며 독이었다. 나는 그녀의 문장을 지배하는 그토록 검고 강하고 지독한 것이 내게는 없다는 생각 때문에 그녀를 질투했다. 하지만 저항할 수 없는 욕망에 대한 사후적 이름이 시인이라는 그녀의 언명에 나는 이내 조용해졌다.

아빠 Daddy

실비아 플라스

이젠 안 돼, 더 이상은
안 될 거야. 검은 구두
난 그걸 삼십 년간이나 발처럼
신고 살았어. 초라하고 창백한 얼굴로,
감히 숨 한 번 쉬지도 재채기조차 못하며.

> You do not do, you do not do
> Any more, black shoe
> In which I have lived like a foot
> For thirty years, poor and white,
> Barely daring to breathe or Achoo.

아빠, 난 아빠를 죽였어야 했어.
내가 시간을 갖기도 전에 아빠가 죽었지
무거운 대리석, 신神이 가득 찬 가방.
회색 발가락이 달린 섬뜩한 조상
샌프란시스코의 물개처럼 커다란

> Daddy, I have had to kill you.

You died before I had time
Marble-heavy, a bag full of God,
Ghastly statue with one gray toe
Big as a Frisco seal

아름다운 노셋의 푸른 바닷물 위로
녹색 콩을 쏟아내는
기이한 대서양 바다 속 머리
난 아빠를 돌려달라고 기도를 하곤 했어.
아, 아빠

And a head in the freakish Atlantic
Where it pours bean green over blue
In the waters off beautiful Nauset.
I used to pray to recover you.
Ach, du.

독일인의 혀로, 롤러로 납작하게 밀린
폴란드의 마을에서 일어난 전쟁들, 전쟁들, 전쟁들
그러나 마을의 이름은 흔한 것이 었어
폴란드 친구는 그런 마을이 열두 개나 스물네 개는 있다고 말하지

In the German tongue, in the Polish town
Scraped flat by the roller

Of wars, wars, wars.

But the name of the town is common.

My Polack friend

Says there are a dozen or two.

그래서 난 아빠가 어디에 발을, 뿌리를 내렸는지를 말할 수가 없었어.

아빠에게는 말을 할 수가 없었어

혀가 턱에 붙어버렸거든.

So I never could tell where you

Put your foot, your root,

I never could talk to you.

The tongue stuck in my jaw.

혀가 가시철조망의 덫에 달라붙어 버렸어.

이히, 이히, 이히, 이히[*]

거의 말을 할 수 없었어

난 독일 사람은 죄다 아빤 줄 알았어.

그리고 독일어는 음탕하다고 생각했어.

[*] 실비아는 '음탕한' 독일어로, 아버지의 말-법으로 말하기를 거부한 자신의 힘겨
    움을, 파시스트의 언어로 말하기를 거부한 자신의 집요함을 네 번의 이히Ich, 일
    인칭 주어 나I의 독일어로 표시하고 있다.

It stuck in a barb wire snare.
Ich, ich, ich, ich,
I could hardly speak.
I thought every German was you.
And the language obscene

나를 유대인처럼 칙칙폭폭 실어가는
기관차, 기관차.
유대인처럼 다카우, 아우슈비츠, 벨젠으로.
난 유대인처럼 말하기 시작했어.
난 유대인일지도 몰라.

An engine, an engine
Chuffing me off like a Jew.
A Jew to Dachau, Auschwitz, Belsen.
I began to talk like a Jew.
I think I may well be a Jew.

티롤의 눈, 비엔나의 맑은 맥주는
아주 순수한 것도, 진짜도 아니야.
내 집시계系의 선조 할머니와 내 섬뜩한 운명
그리고 내 타로 카드 한 벌, 타로 카드 한 벌로 봐서
난 조금은 유대인일 거야.

The snows of the Tyrol, the clear beer of Vienna
Are not very pure or true.
With my gipsy ancestress and my weird luck
And my Taroc pack and my Taroc pack
I may be a bit of a Jew.

난 항상 아빠가 두려웠었어.
아빠의 독일공군, 아빠의 딱딱한 말투. 그리고 아빠의 말쑥한 콧수염
또 아리안족의 밝은 하늘색 눈.
기갑부대원, 기갑부대원, 아, 아빠

    I have always been scared of you,
    With your Luftwaffe, your gobbledygoo.
    And your neat mustache
    And your Aryan eye, bright blue.
    Panzer-man, panzer-man, O You—

신神이 아니라 만자卍字
어느 하늘도 너무 검어서 겨우 뚫고 들어올 수도 없는
여자는 모두 파시스트를 숭배해.
얼굴을 짓밟은 장화, 짐승
아빠처럼 야수 같은 짐승의 심장을

    Not God but a swastika

So black no sky could squeak through.
Every woman adores a Fascist,
The boot in the face, the brute
Brute heart of a brute like you.

내가 갖고 있는 사진 속 아빠는
칠판 앞에 서 있어
발이 아니라 턱이 갈라져 있어
그래서 악마가 아닌 것은 아냐, 아냐
검은 남자가 아닌 것도 아냐

You stand at the blackboard, daddy,
In the picture I have of you,
A cleft in your chin instead of your foot
But no less a devil for that, no not
Any less the black man who

내 예쁜 붉은 심장을 둘로 쪼갠
그들이 아빠를 묻었을 때 난 열 살.
스무 살엔 죽어서
아빠에게 돌아, 돌아, 돌아가려고 했어.
뼈라도 그럴 수 있으리라고 생각했었어.

Bit my pretty red heart in two.

I was ten when they buried you.
At twenty I tried to die
And get back, back, back to you.
I thought even the bones would do.

하지만 그들이 나를 자루에서 끌어냈어
그러고는 그들이 나를 아교로 붙여버렸어.
그리고 그때 난 뭘 해야 하는지 알았지.
난 아빠의 모델을 만들었어
『나의 투쟁』의 표정을 짓고 있는 검은 제복의 남자를

But they pulled me out of the sack,
And they stuck me together with glue.
And then I knew what to do.
I made a model of you,
A man in black with a Meinkampf look

그리고 고문대와 나사못에 대한 사랑
그리고 나는 그렇게 하겠습니다, 네 라고 말했어.
그래서, 아빠, 난 이제 완전히 끝났어.
검은 전화기가 뿌리째 뽑혀져
목소리가 기어 나오질 못하던데.

And a love of the rack and the screw.

And I said I do, I do.
So daddy, I'm finally through.
The black telephone's off at the root,
The voices just can't worm through.

만일 내가 한 남자를 죽였다면, 둘을 죽인 거야.
자기가 아빠라고 말하면서, 일 년 동안 내 피를
정확히 알고 싶다면 7년 동안이나 빨아 마신 흡혈귀,
아빠, 이젠 누울 수 있을거야.

If I've killed one man, I've killed two
The vampire who said he was you
And drank my blood for a year,
Seven years, if you want to know.
Daddy, you can lie back now.

아빠의 살찐 검은 심장에 말뚝을 박았어.
그리고 마을 사람들은 조금도 아빠를 좋아하지 않았어.
그들은 춤추면서 아빠를 짓밟았어.
그들은 그것이 아빠라는 걸 언제나 알았어.
아빠, 아빠, 이 개자식, 나는 이제 끝났어.

There's a stake in your fat black heart
And the villagers never liked you.

They are dancing and stamping on you.

They always knew it was you.

Daddy, daddy, you bastard, I'm through.

「아빠」는 실비아가 자살하기 네 달 전인 1962년 10월 12일에 쓰였다. 1956년에 영국의 유명한 시인이자 비평가인 테드 휴즈와 결혼했던 실비아는 이 시를 쓰기 한 달 전, 불륜을 저지른 남편과 공식적인 별거에 들어가 있었다. 이 시는 실비아의 아버지 오토 플라스를 정점으로 세상의 모든 남자들을, 모든 여성의 숭배를 받는 남자들을, 『나의 투쟁』을 쓴 히틀러의 표정을 지을 줄 아는 권력자들을 살해하려는 실비아의 테러다.

폴란드의 독일어권 도시에서 열다섯 살에 미국으로 건너온 오토 플라스는 보스턴 대학 생물학과 교수였고, 오스트리아에서 미국으로 이민 온 실비아의 엄마는 고등학교 선생님이었다. 부모가 미국 사회에 자리를 잡은 이민자이자 학생을 가르치는 교육자였기에, 실비아는 당연히 도덕과 법, 규범을 누구보다 잘 지켜 내려는 환경에서 성장했을 것이다. 실비아가 속한 중산층은 사회적 가치와 규범이 사적이고 개인적인 삶의 원칙으로 통하는 집단이다. 도덕과 법은 중산층을 보호하고, 중산층의 이데올로기인 도덕과 법은 사회 전체의 원리가 된다. 사회는 중산층의 이데올로기를 방패로 삼아 자신의 지배를 정당화한다.

오토 플라스는 실비아가 여덟 살이 되던 해에 당뇨병으로 죽었다. 엄마는 평생 독신으로 살면서 남은 아이들의 생계를 책임진 강인하고 헌신적인 여성이었다. 실비아는 고등학교 시절 모든 과목에서 A를 받은 모범생이었고, 장학금을 받으며 다닌 대학을 수

석으로 졸업했다. 실비아는 사회의 요구에 충실했고, 엄마가 원하는 자식이었다. 그리고 섹시한 남성 테드 휴즈와의 열렬한 연애 끝에 스물다섯 살에 결혼해서 두 아이를 두었다. 여기까지의 이야기만 놓고 보면 실비아는 좋은 딸, 좋은 학생, 좋은 엄마, 좋은 아내로서 손색이 없었다. 실비아는 사회적으로 성공했다. 그녀는 거의 모든 것을 갖고 있었다.

그러나 이러한 사회적 인정과 무관하게 실비아는 아홉 살에도, 스무 살에도 자살을 시도했고 30년 남짓한 삶을 살면서 우울증과 정신질환으로 고생했다. 그녀는 광장에 전시된 자신의 삶에도 불구하고 그 삶의 결핍과 우울을 보았던, 살기 위해 시를 쓴 여성이었다. 여성 시인의 시를 여성의 관점에서 해석하고 비평하는 여성주의 방법론은 1970년대에야 등장했다. 1960년대 초에 죽은 실비아의 시는 살아생전에는 누구도 충분히 해석하거나 평가하지 않았다. 그렇기에 실비아는 항상 자신보다 남자 시인인 테드 휴즈의 시가 높이 평가되는 것이 불만스러웠다.

열렬히 사랑해서 결혼한 테드 휴즈는 불륜을 저질렀고 실비아는 이로 인해 크나큰 고통을 겪는다. 결혼제도는 노동 인구를 확보하려는 사회의 공적 이데올로기이며 대(피)를 이으려는 아버지들을 위한 것이기에, 여성의 삶이나 욕망은 결혼 제도 안에서 존재할 수 없다. 여성은 결혼과 더불어 자신의 삶에서 멀어지고, 모성이 욕망을 대체한다. 실비아는 우울증과 자살하고 싶은 욕망에도 불구하고 시대가 여성에게 부과한 모든 역할을 훌륭히 해냈다. 그녀는 여성에게 무조건적인 동의를 요구하는 사회적 의식("네, 그렇게 하겠습니다"라는 서약을 통한)을 거쳐 '좋은' 엄마, '좋은' 아내의 역할로 들어갔다. 여성은 '집안의 천사', 바깥에는 악마들이 우글거리는 세상에서 집안을 보호하고 동시에 집안에서 보호받는 천사가 된다.[*]

여성의 공간은 집안이다. 그러나 아버지들은 결혼과 동시에 집과 바깥을 모두 갖는다. 남자들은 집안의 천사를 집에 둔 채로 악마들이 우글거리는 바깥에서 '나쁜 여자들'을 만날 수 있다. 테드 휴즈 역시 아내와 애인을 모두 갖고 있었다. 집안의 여자들은 남편과 자신이 짝패라고 생각하지만 남자들은 그렇게 생각하지 않는다. 집안의 천사는 좋은 아내이자 좋은 엄마가 되면서 자기 자신을 잃어버린다. 실비아는 부정을 저지른 남편, 1년간 자신을 속이고 다른 여자를 만났던, 그러므로 7년 동안의 헌신을 송두리째 짓밟은 남편 때문에 사회적 의미와 가치가 파괴된다.

그녀는 짧은 삶 동안 좋은 사람이 되려고 노력했다. 그런 사람일수록 붕괴는 한순간에 일어난다. 한 달 전부터 별거에 들어간 실비아, 자신이 받은 모욕과 고통, 불행의 생생함에 갇혀 있던 실비아는 「아빠」란 시로 자신의 사회적 삶을 살해한 남자들의 세계를 공격하기 시작한다. 남편이 아니라 아버지를, 자신의 직접적인 분노와 고통의 대상이 아닌 자신이 사랑한 아버지를.

실비아는 칼 대신에, 아니 칼보다 더 강력한 무기인 펜으로 남자들의 심장에 말뚝을 박는다. 이 시에서 테드 휴즈는 잠깐 등장할 뿐이다. 실비아의 과녁은 '아빠'다. 그녀는 남편의 모델이었던 아빠를 엑소시즘의 대상으로 삼는다. 실비아가 저지른 실수는 아빠를 닮은 남자를 선택했다는 것, 그러므로 아빠를 잘못 이해했다는 데 있다. 아빠가 좋은 사람이었고 좋은 남자였다는 오인이 불행의 시작이었고 그녀가 감당해야 할 책임이었다. 그러므로 아빠, 지금껏 자신이 좋은 사람으로 그리워한 그 남자를 나쁜 사람으로 만들어서 그를 처단해야 했다.

실비아는 스스로 원인을, 오직 고통받는 자의 깊은 심연에서 끌어올릴 수 있는 원인을 만들어 낸다. 그것이 그녀가 스스로에게 부여한 윤리적 책임이고 행동이었다. 살아생전의 오토 플라스는 좋은 사람이었고, 파시스트도 나치도 아니었다. "나는 여덟 살 이후로 아버지의 사랑, 나와 혈연관계에 있는 사람의 사랑, 나

*　'집안의 천사Angel in the House'는 1854년 영국 시인 코벤트리 팻모어가 지은 시에서 처음 등장한 '현모양처'의 영어 이름이다. 시인이 자신의 아내를 모델로 해서 지은 저 이름은 이후 시의 유명세와 함께 여성의 장소를 집으로, 사적인 곳으로 제한하고 여성의 역할을 희생에 제한하는 데 크나큰 기여를 했다. 반면 '집안의 천사'의 대립항이었던 매춘부에는 남편이 없거나 남편을 잃은 채 경제활동을 하던 여성은 물론, 예술가들도 포함되었다. 버지니아 울프는 『집안의 천사 죽이기』라는 강연문에서 희생하는 여성은 '환영'임을 역설한다. 그런 점에서 집안의 천사들은 자신이 우울증자인지 모르는 우울증자다.

를 평생 변함없이 사랑해 줄 유일한 사람의 사랑을 알지 못했다"[3] 고 쓸 만큼 실비아에게 아빠는 모든 사랑의 기원이자 원형적인 사랑의 대상이었다. 그녀는 1959년 발표한 「거상」에서 자신을 '붕괴된 아폴로 신의 청동상을 재건하려고 하는 여사제'에 비유할 만큼 죽은 아버지와 자신의 종교적이고 신화적인 관계를 만들어 내려고 고군분투했다.

실비아의 시는 아버지가 아닌 '아빠'란 이름을 공격 대상으로 삼는다는 점에서 전무후무한 특이성을 갖는다. 아버지Father 살해는 남자아이가 성장하기 위한 동력, 즉 문명의 동력이다. 만약 실비아가 '아버지'를 호출하고 그를 살해하는 시를 썼다면 그 시는 이전의 아버지 살해 계보 안에서 분석되었을 것이다. 아버지는 법, 규범, 사회, 공적인 가치와 연동하는 은유이고 이름이다.

하지만 「아빠」는 아빠 살해이기에 아버지 살해의 맥락에서 삐져나온다. 아빠는 아직 성장하지 않은 것, 즉 공적인 사회로 진출하기 전의 사적이고 내밀한 것, 사랑과 나르시시즘의 맥락에 있는 이름이다. 아빠는 딸에게 전부이고 무조건적인 사랑이며 안전과 믿음의 기원이다. 아빠는 내가 법과 질서가 지배하는 사회 안으로 들어가 겪어야 할 모든 굴욕과 비참과 소외에도 불구하고 행복에 대한 기억을 간직할 수 있는 근거다. 아빠는 성장에 대한 거부이고, 사랑과 믿음의 환상을 떠올리게 하는 이름이다. 아빠란 이름은 모체에서 느꼈던 것과 같은 완벽한 관계, 총체성, 충만함,

'하나'를 보증한다.

아빠가 아버지가 될 때, 우리가 존댓말로 대해야 하고 내게 규범과 법을 훈육하며 상과 벌을 동시에 주는 아버지, 말을 하지 않아도 나의 행위를 명령할 수 있는 아버지가 될 때 우리는 유년기에서, 하나됨에서, 완벽함에서, 낙원에서 떨어져 나온다. 그리고 이때의 아버지는 나를 안고 쓰다듬어 주고 사랑하던 아빠가 아닌, 법, 질서, 규범과 같은 관념이자 이데올로기다. 아버지는 불멸하고, 편재하고, 나의 모든 행동을 감시하는 '시선'이다. 아버지 살해는 언어화되고 사회화된 인간의 근원적 욕망, 법과 명령에 복종하고 있는 이들의 탈주를 향한 욕망이다. 하지만 그것은 일어날 수 없는 사건이고 오직 환상 속에서만 가능하다. 문명사회에서 아버지의 (상징적) 살해는 아버지가 되려는 남자들의 통과제의일 뿐이다.

실비아는 자신이 여덟 살에 죽은 아빠, 자신의 사회적 성장을 위해 아버지가 되기 전에 죽은 아빠, 좋은 것과 나쁜 것에 대한 가치판단의 안내자여야 했던 아버지가 될 수 없었던 아빠, 그러므로 자신의 사회적 삶을 붕괴에 이르게 만든 아빠를 공격하려고 한다. 30년 동안이나 자신의 발을 아프게 만든 '검은 신발', 내가 죽였어야 하는데 먼저 죽은 아빠, 아홉 살과 스무 살에 곁으로 돌아가려고 시도하게 만든 아빠를 죽이기 위해 실비아는 아빠를 파시스트로 만들어버린다. 파시스트를 살해하는 시에 거부감을 일으키기는 어려울 것이다. 그녀는 자신의 사적 삶을 공적 문제로 확장함으로써 아빠의 살해를 정치화한다.

그녀는 파시스트 아빠의 '모국어'인 독일어를 배워야지만 아빠와 대화를 할 수 있을 것이다. 대화를 하려면 '나$_{ch}$'라는 일인칭 주어로 말을 할 수 있어야 한다("나는 ~이다"란 문장은 사회화에 필수적이다). 하지만 실비아는 자신이 독일어로 말하는 법을, 아빠를 아버지로 만들기 위해 필요한 언어를 얻지 못했다고 고백한다. 그녀는 아빠와 딸의 행복한 일체감이 거짓이었음을 증명하고자 아버지들의 언어인 독일어 대신에 유대인의 언어를 배운다. 이렇게 그녀의 의식에서 분리가 일어나고, 현재를 통해 과거를 재구성하며, 행복했던 과거에 대해 비참하지만 성찰적인 자의식이 개입한다. 그녀는 가해자의 언어에 피해자의 언어로, 학대받는 자의 언어로 맞선다. '유대인처럼 말하기'는 죽은 아빠를 가해자로 만들기 위한 약자의 전략이다.

실비아는 그리웠던 아빠에게 "언제나 두려웠어"라고 실토한다. 20세기 초 유럽의 모든 지식인은 600만 명 이상의 유대인의 죽음을 서구 문명의 유토피아적 환상이 다다른 끝, 파국으로 간주했다. 심지어 학살의 참혹함은 오직 그 사건을 겪은 이들만이 이야기할 수 있다는 일종의 윤리적 규범을 요청하기에 이른다. 그 사건을 겪지 않은 이들이 자기 민족과 가족, 자기 삶의 비극과 고통을 묘사하는 데 홀로코스트를 둘러싼 이름들을 쓰는 것은 죄로 간주되었다. 「아빠」는 그런 이유로 많은 비평가들의 비난을 받았고, 개인적이고 사적인 비극을 위해 '역사적 사건을 훔친 죄' 때문에 문학적으로 기소되었다. 홀로코스트를 은유로 동원한 실비아에 대한 비난은 역사적 사건과 은유/수사의 전유 사이에 존재하는 어렵고 고통스러운 문제이기에 우리는 이를 쉽게 평가할 수 없다.

실비아는 자신의 유년기의 아빠, 집안의 아빠, 개인적이고 사적인 그 이름을 공적이고 사회적인 아버지로 개조한다. 그리고 아버지의 이름에 예의를 표하고 종속되기보다 거기에 말뚝을 박는다. 이것이야말로 지젝이 말하는 '진정한 행위'다. 사회적 성장은 아버지의 힘을 인정하고 거기에 종속되는 것이지만, 진정한 성장은 아버지를 거부하는 것이기 때문이다. 오직 그것만이 개인의 삶과 존재를 위한 윤리이고 실천이다. 실비아는 어린 자신을 유혹하고 오인하게 만들었던 아빠 뒤에 도사린 아버지라는 공적 자아, 이 모든 사회적 불행과 비참을 영속시킬 아버지란 이름을 호출한다. 아빠를 죽일 수는 없다. 아빠는 환상이고 이념이고 어린 시절이기 때문이다. 아빠의 짝패인 딸, 여덟 살의 딸에게는 힘이 없다.

그래서 실비아는 폴란드의 열 개, 스무 개나 되는 마을 중 어느 한 마을의 사람들과 함께 아빠를 광장에서 죽인다. 파시스트를 죽이는 데 동의할 사람들은 폴란드에 부지기수일 것이다. 실비아의 30년 인생을 빨아먹고 그녀를 사회에 가두었던 아빠의 '살찐 검은 심장'에 말뚝이 박힌다. 마을 사람들은 심장을 짓밟으며 춤을 춘다. 실비아는 자신의 개인적인 고통을 사회화하고 심지어 정치화한다. 이것이 시인의 행위다. 시는 개인적이고 사적인 언어로 공적이고 사회적인 규범과 가치를 공격하는 정치적 실천이다.

실비아는 "아빠, 아빠, 이 개자식"이라고 저주를 퍼붓는다. 그녀가 이어서 내뱉는 "I am through"는 "이제 나는 끝났어, 이걸로 내가 할 일은 다 했어, 다 끝냈어"와 같은 여러 의미를 갖는다. 죽임과 죽음, 너를 죽임이 그러므로 곧 나의 죽음이라는 것이 동시에 함축되어 있다. 아버지는 개자식이다. 아버지를 개자식이라고 부르는 것은 어느 정도는 쉬운 일이다.* 심지어 그런 발화는 아버지의 힘을 확증한다. 모든 아들들은 개자식이 아닌 아버지가 되고자 아들을 낳고 새로운 아버지가 된다. 아버지를 시시하게 만들고 그 이름 안으로 자기가 들어가는 것이다. 하지만 아버지는 아들을 통해 부활한다. 그리고 아들들은 아버지란 결국 개자식이라는 것을 다시금 알게 된다. 아버지와 개자식은 연동한다. 가부장제는 그렇게 영속할 것이다. 그런 점에서 실비아의 행위는 혁명적이고 유일무이하다. 실비아는 언어의 그늘, 언어의 타자를 모르는 여덟 살 아이이자 서른 살의 성인으로 나뉜 채, 자신의 입을 통해 아빠를 개자식이라고 부른다. 그녀는 아버지를 제대로 죽이기 위해 아버지가 되기 전의 아빠를 불러낸다.

실비아의 아빠 살해는 곧 자살이다. 상상계의 아빠를 상징계로 소환해서 살해한 실비아는 그 뒤에 상징계의 자기를 제거하고 실재로 넘어갔다. 중산층 집안에서 정규교육을 받고 현모양처로 살았던 여자의 입에서 나온 "아빠, 아빠, 이 개자식"이라는 말은 실비아의 펜을 통해 기록된 뒤 다시는 등장하지 못한다. 그것은 여자만이 할 수 있는 말이고, 좋은 집안의 아이여야만 가능한 말이며, 너무나 아프고 슬픈 말이다.

*

아버지는 내게 성(姓)과 이름을 주었고 나의 사회적 안전을 보증한다. 아버지가 없다면 나의 (사회적) 삶은 불가능할 것이다. 그러나 이런 아버지에게 오물을 뒤집어씌움으로써 자기를 모욕하고 처벌하는 것은 유일무이한 자신의 삶을 긍정하려는 행위다. 그녀는 이렇게 스스로 태어난다. 실비아는 부정한 남편이 모욕한 자신의 사회적 삶 앞에서 생물학적인 기원이 아닌 사회적 삶의 기원으로서의 아버지를 알아본다. 문제의 원인을 더 멀리서, 더 근본적인 층위에서 찾아내려는 것이다.

* 이성복의 시 「그해 가을」의 마지막 두 번째 연의 "아버지, 아버지, 씹쌔끼, 너는 입이 열이라도 말 못해"는 이 시를 염두에 두고 쓰인 문장처럼 보인다. 그러나 이 문장은 실비아의 "아빠, 아빠, 이 개자식, 나는 이제 끝났어"와 대구를 이룰 수 없다. 아버지-법-말씀을 죽이려는 이성복의 문장은 아빠-사랑을 죽이는 실비아의 언어와는 다른 계열에 속한다. 아버지-법-말씀의 계열을 자기도 모르게 알아차린 오이디푸스는 아버지를 죽였고, 아버지-법-말씀의 계열에 고통받은 홍길동은 스스로 개새끼-아버지가 아닌 아버지-법을 세웠다.

실비아는 자신의 사회적 삶이 위험에 처했을 때 자신의 사회적 이름들을 더 철저히 지우는 쪽을 선택함으로써 자신의 위엄과 고귀함을 보호한다. 만약 아버지가 개자식이라면, 실비아의 성 플라스는 쓸모없는 것, 무가치한 것, 천한 것이다. 이제 플라스의 집안에서 실비아란 이름은 파문당할 것이다. 실비아는 애비 없는 아이, 어느 구멍에서 그저 생겨난 아이, 성문 밖 불가촉천민이 된다. 실비아를 보호하고 그녀에게 올바른 삶을 살라고 강요할 사회적 이름은 지워질 것이다.

플라스 집안의 실비아는 "나는Ich 실비아 플라스입니다"라고 말하길 거부한다. 실비아는 스스로를 주체의 위치에서 제거한다. 실비아는 비체abject가 된다. 실비아는 자신의 사회적 자아로부터 성공적으로 물러나기 위해 아빠를 개자식으로 만들어야 했다. 그녀는 자신의 여덟 살부터 서른 살까지의 삶을 지우기 위해, 파시스트였던 아빠를 몰라본 자식의 무지를 떠안고 책임지기 위해 이제 진정한 앎에 이른 자신의 새로운 이름 부르기를 실연한다. 실비아는 스스로 패륜아가 된다. 그녀는 글쓰기라는 허구적 행위, 기존의 사회적 언어를 절룩거리게 만듦으로써 자신의 절룩거림이 사회적 언어의 문제였지 자신의 문제는 아니었음을 증언한다. 아빠가 개자식인 딸아이는 사회 전체를 거부한다.

실비아는 이제 아무것도 아니다. 그녀는 자유다. 그녀는 이름 바깥으로 나왔다. 그녀는 '무nothing'이다. 그녀는 "그물에 걸리지 않는 바람처럼 무소의 뿔처럼 혼자" 간다. 그녀는 '인간'이 아니다. 오이디푸스는 사회를 위해 자신을 처벌하지만 실비아는 자신을 위해 사회를 처벌했다. 그녀는 바람, 공기, 무, 죽음이다. 사회는 이제 그녀가 누구인지 알아보지 못할 것이다. 글자들 안에서 아빠를 살해하고 자신을 죽인 실비아는 네 달 뒤에 가스를 틀고 죽었다. 무엇이 진짜 죽음일까. 두 번의 자살 시도와 성공한 자살 사이에 끼어 있는 실비아의 글쓰기-자살은 단순한 자살 시도일까, 진짜 자살일까? 어떤 죽음이 진짜 죽음일까? 우리의 죽음이 이름의 죽음에 불과하다면 우리의 유일무이한 죽음은 과연 가능할까? 나의 이름을 부르며 슬퍼할 가족들에게 전달될 나의 죽음은 진정 '나의 죽음'일까? 그들이 슬퍼하는 나의 죽음 안에 과연 나라는 게 있기는 할까?

실비아는 다시 태어나지 않기 위해 아빠를 개자식이라고 부르는 언어-살해를 먼저 행했다. 아버지 없는 자식, 뿌리 없는 자식, 심지어 그 자식을 품어줄 아빠마저도 죽인 개자식은 사회적 이름 아래서는 두 번 다시 태어나지 않을 것이다. 다시 태어나지 않는 것, 유일무이한 죽음을 맞는 것, 혹은 라캉식으로 말해서 상징적 이름을 텅 비우는 실재의 행위, 유일한 정신분석학적 실천, 그게 참된 죽음이다. 실비아는 자신의 삶을 죽인 사회, 자신에게서 이름을 앗아간 사회에 다시는 소속되지 않기 위해 시를 썼다. 실비아는 자신을 사회로부터 빼냄으로써 오로지 몸만 남는다. 그녀는 헐벗고 아픈 몸을 갖고 어디론가 가버렸다. 실비아, 아 실비아.

우리는 죽어도 죽지 않는다. 우리는 '다른 사람이 빨던 사탕'(김언희)이고, '누구나 쓸 수 있는 닉네임'(박연주)이다. 우리는 재탕이고, 이름뿐인 유령이며 가면이다. 우리의 이름은 결국 중고일 뿐이다. 우리의 탄생은 우리의 사회적 이름을 처리할 수 있는 법을 통해서만 시작될 것이다.

김언희의 '딸' — 폭력은 나의 것

시인 김언희는 서울에서 멀리 떨어진 진주, 그녀의 표현대로라면 인간에서 먼 짐승의 자리에서 시를 쓴다. 시인은 절대적 거리, 즉 정도의 차이가 아닌 범주의 차이를 갖고서 서울의 인간들을 공격한다. 성문 안 곱고 아름다운, 아버지-법이 통치하는 곳을 거칠고 더럽고 무법의 폭력이 난무하는 곳에서 교란하고 전복하려 한다. 그곳은 나쁜 이름들, 욕이 삶의 언어인 곳이고, 아직 완전히 식민화되지 않은 야생과 야만의 자리다. 그녀의 시어에는 견고한 질서를 더럽히는 액체의 욕망이 들어 있다. 지금 막 싼 따듯한 똥이나 오줌, 정액, 방금 칼에 찍혀 대가리가 덜렁대는 닭의 피가 그녀의 입-말이다. 김언희의 시는 (관리하고 즐기고 관조하는) 눈이 아니라 (먹고 토하고 욕하는) 입을 위한 말이다.

그녀의 어휘 사전에는 규범과 도덕에 진입하지 못한 말들, 찌

꺼기들이 실려 있다. 누누이 이야기하지만 좋은 이름들에는, 아버지-법이 강요하는 정체성에는 삶이 없다. 좋은 이름-정체성은 이미 삶이 정제되고, 멸균되고, 박제가 되었다는 것을, 거기에는 삶이라 불릴 만한 것이 거의 남아 있지 않다는 것만을 가리킨다. 이름은 사회를 위한 것이다. 인두겁을 쓴, 짐승 같은, 인간성이 충분하지 않은 것들을 부르는 나쁜 이름들에는 아직 삶이, 가능성이 있다. 시인의 더럽고 추잡하고 거칠고 격렬한 말들은 불가촉천민들의 삶, 비인간들의 힘을 보유한다.

김언희는 여성 시인이지만 '여성적 시인'은 아니다. 김언희의 시는 여성이 썼지만, 여성을 위한 것은 아니다. 그녀의 시는 부드러움, 연약함, 슬픔과 같은 '여성적인' 정서에 포획되지 않으며, 여성이란 범주가 포용하는 약자들을 위로하지도 않는다. 그녀는 사회적 규범들이 어떻게 작동하는지, 그것이 약자를 어떻게 무력화하는지를 알고 있지만, 여성성이나 모성애 같은 여성적 규범을 대안으로 사용하길 거부한다. 그녀의 전략은 여성적 규범마저 붕괴시킨다. 남성성에 대항하는 여성성도 인간성인 마당에 그녀의 짐승성이 여성성과 연대할리 만무하다. 여성성도 이미 알려진 것이고 정제된 것이고 굳어진 것이다. 그렇기에 시인은 기존의 상투적인 여성 이미지들도 공격한다. 그녀의 폭력적이고 격렬한 언어는 면도칼을 껌처럼 씹어서는 피 묻은 칼 조각을 내뱉는 여성들, 반여성적이고 초여성적인 여성들의 것이다. 물론 우리는 그런 여자들에게 배당된 나쁜 이름들을 조금 알고 있다. '비행소녀'나 '여자 깡패'나 '일진' 같은 이름들을.

그렇기에 무엇보다 여성들이 시인의 시를 좋아하지 않는다. 김언희는 남성적 규범 안에서 상처입고 고통을 겪는 피해자로서의 여성의 형상, 약자들의 흔한 알리바이인 자기 연민을 거부한다. 시인의 자아가 투영된 시적 화자들은 남성 못지않게 폭력적이고 거칠다. 김언희의 여성 화자들은 성적 대상화로 포섭될 여성 이미지에 구속되지 않는다. 아름다운, 고운, 우아한, 희생적인, 섹시한, 자애로운 여성 이미지는 존재하지 않는다. 김언희의 시를 불편해하는 여성들은 시인의 시어가 추하고 경박하다고 말한다. 그녀의 시가 불쾌한 이들은 시인의 시어가 현실의 폭력을 재생산하고 거기에 공모한다고 말한다.

하지만 김언희의 여성 화자들은 우리가 경험해 보지 못한 새로운 인물들이다. 그렇기에 시인의 시를 읽는 (여성) 독자들은 '좋은' 시 읽기에 필요한 동일시나 감정이입을 할 수 없다. 카타르시스, 교감, 위로, 감동과 같은 전형적인 시 읽기의 회로를 이탈한 시인의 시어들은 우리를 공격한다. 마조히스트가 되길 자처한 이들, 여성 아닌 여성들, 자신이 여성으로 불리는 것 자체를 의심하는 사람들('그것thing'으로 불릴!)만이 시인의 시를 수신할 수 있다. 굳이 분류하자면 시인의 시적 화자들은 여성도 남성도 아니고 인간도 짐승도 아닌, 제3의 존재들, 튀기들, 잡종들, 아직 정의되지 않은 이들이다.

*

　수업 시간에 학생들과 함께 읽은 시 중에서 가장 논란을 일으킨 시를 꼽으라면 1995년 발간된 시인의 첫 시집 『트렁크』에 수록된 「아버지의 자장가」가 아닐까 싶다.[4] 여학생들은 근친상간을 암시하고 피 냄새가 풍기는 시어에 분노했다. 수업이 끝나고 내게 이 시를 왜 시라고 부를 수 없는지, 이것이 왜 자신을 화나게 만들었는지를 이야기해 준 이도 있었다. 이 시가 그녀에게는 직접적이고 구체적인 폭력의 현시로 느껴진 것이다. 이 시는 그녀에게 상징적 비유로서의 시가 아닌 나쁜 현실을 그대로 베낀, 폭력 그 자체였다. 나는 이 시를 읽었을 때 잊고 싶거나 잊었다고 믿었던 기억을 떠올릴 만큼 끔찍한 경험이 없다는 것을 고백해야겠다. 그렇기에 수업이 끝난 뒤 그녀와 강의실 밖에서 잠깐 이야기를 나눌 때 많이 아는 선생인 척 많이 산 어른인 척 조언을 하지 못했다. 그녀는 내가 모르는 경험과 내가 좋아하는 시의 일치 혹은 간극을 교실 앞에서 알려주었고, 나는 급작스러운 타자의 개입에 허둥댔다.

　이 시를 읽던 날, 강의실 한편에는 현실의 폭력을 재생산하는 여성 시인에 대한 분노가 있었다. 그리고 다른 편에는 이 시를 시로 읽고 싶은, 새로운 인식을 얻고 싶은 나 같은 이들의 호기심이 있었다. 물론 의견을 드러내지 않은 채 침묵한 이들도 있었다.

아버지의 자장가

김언희

이리 온 내 딸아
네 두 눈이 어여쁘구나
먹음직스럽구나
요리 중엔
어린 양의 눈알요리가 일품이라더구나

잘 먹었다 착한 딸아
후벼 먹힌 눈구멍엔 금작화를
심어보고 싶구나 피고름이 질컥여
물 줄 필요 없으니, 거
좋잖니…….

어디 보자, 꽃핀 딸아
콧구멍 귓구멍 숨구멍에도 꽃을
꽂아주마 아기작 아기작 걸어다니는
살아 있는 꽃다발
사랑스럽구나

이리온, 내 딸아
아버지의 바다로 가자
일렁이는 저 거대한 물침대에
너를 눕혀주마
아버지의 바다에, 널
잠재워주마

이 시는 내가 민주주의의 이념으로 간주하는 이견dissent의 현장을 만들면서 자주 우리를 분열시켰다. 나는 이 시가 강렬함의 체험을 유도하기에, 우리의 내적 분열을 일으키기에, 우리를 위험에 빠뜨리기에 함께 읽었다. 나는 이 시를 읽히면서 학생들의 문제를 풀어 주고 싶었지만, 정반대로 나를 미워하면서 멀어져 간 이들도 여럿 생겼다. 하지만 우리는 해결할 수 없는 문제에 동일하게 붙들려 있기에 결국에는 만날 것이라는 생각도 하게 되었다.

이 시에는 그리스 비극에 등장하는 남자 배우의 목소리가 어울릴 것이다. 시에 등장하는 남자는 자상하고 너그러운 아버지이면서 동시에 강인한 정복자일 것 같다. 아버지는 어린 양의 눈알 요리가 맛있다고 말했을 뿐이지만, 딸아이는 그 말에 함축된 아버지의 욕망을 읽어 내고는 자신의 눈알을 파내 아버지에게 바친다. 어린 양은 곧 자신을 달리 부르는 이름이기에 고귀한 야만인의 식욕을 가진 아버지의 말을 있는 그대로 만족시킨다. 시의 화자이자 욕망의 주체인 아버지와 무조건적인 복종, 욕망의 대상이 되길 자처한 딸의 관계는 완벽한 원환(圓環)을 이룬다. 결핍도 바깥도 있을 수 없다. 언어가 현실을 가리키는 은유이자 상징이라고 생각하는 이들은 어린 양의 눈알 요리를 구해다 바칠 것이다. 하지만 아버지의 대상이길 간구하는 딸은 자기 눈을 바치면서 아버지-말씀을 곧이곧대로 실현한다. 지배자의 언어는 피지배자의 복종에 의해 현실보다 더 현실 같은 힘을 갖는다. 딸은 기꺼이 자신의 모든 구멍(결핍)에 꽃을 꽂는다. 성적 암시, 성폭력이 흘러넘친다.

"피고름이 질컥여 물 줄 필요가 없으니, 거 좋잖니"는 아버지가 미친 놈, 개새끼라는 것을 명시함에도 우리는 딸아이의 기이하게 자발적인 복종 때문에 무대 바깥에서 동동거리기만 할 뿐이다. 더 철저히 대상화를 수행하는 딸아이의 능동성, 오직 아버지의 말을 수행하는 딸의 자발성이 우리를 당혹스럽게 하고 분노하게 만든다. 우리는 무대 바깥의 '선한' 방관자일 뿐이다. 피고름을 흘리는, '살아 있는 꽃다발'인 딸은 이제 '(이미 항상 어머니의 것이었던) 아버지의 자장가'를 들으며 아버지의 물침대인 바다(불어에서 어머니mère와 바다mer는 발음상으로 같다)에 누울 것이다.

누군가 이 시를 즐긴다면 아버지의 사랑의 폭력에 반응한다는 뜻일지도 모른다. 하지만 그건 불가능할 것이다. 이 시에 분노하는 사람이 있다면 그/그녀는 이미 이 시가 무대화한 상황을 자기 관점으로 판단했을 것이다. 즐거움과 분노는 시적 화자의 목소리에 대한 직접적인 반응이다. 그리고 그 반응은 모두 현실에서 유래한다. 근친상간은 문명의 금기이지만 지금도 계속 벌어지고 있는 폭력이다. 딸을 유린한 아버지의 이야기는 거의 들릴 수 없는 것이다. 그것은 딸들의 목소리에 의해서만 광장으로 나올 수 있는 사적인 폭력이다.

그런데 딸들은 사실 공적인 장소에 어울리지 않는 이름 아닌가? 친밀한 사람들에 의해 저질러진 성폭력을 평생 입 밖으로 발설하지 않은 채로 살아가는 여성들의 숫자는 상상 이상이다. 설사 광장에서 근친상간을 문제 삼으려 해도 법의 처벌 수위는 한없이 낮다. 게다가 아버지에게서 영원히 도망갈 수 있는 유능한 딸은 거의 존재하지 않는다는 점에서 딸들은 자기 몸에 그 고통을 숨긴 채 살아가야 한다. 이런 현실을 직접적이고 구체적으로 알고 있건, 떠도는 이야기로 알고 있건, 이 시는 바로 그 문제, 해결 불가능한 채로 계속 일어나고 있는 문제를 모호하게 전달하고 있기에 우리를 분노하게 만든다. 독자는 시가 명시적으로 근친상간을 인용하고 심지어 정당화하고 있다는 판단에 따라 여성 시인의 비윤리성을 문제 삼는다. 그렇다면 이 시는 폭력에 침묵한다는 점에서 그것을 용인할 뿐만 아니라 재생산하고 있는 것일까?

여성 시인은 왜 잔혹한 아버지-괴물의 목소리를 전면에 배치했을까? 왜 그렇게 해서 우리를 공격하고 욕보일까? 시인은 정말 스릴러 영화나 스너프 필름에서 재현하는 것처럼 폭력을 즐기는 걸까? 시인이 이런 상황을 모르고 썼다면 우리는 그녀의 무지를 비난해야 할 것이다. 하지만 알고 그런 것이라면 그 이유를 찾아내기 위해 우리는 판단을 일시적으로 중지해야 한다. 혹시 우리의 판단에 어떤 무지가 깔려 있는 것은 아닌가, 라는 성찰과 함께. 스스로를 위험한 지대로 내몬 시인이 어떤 메시지를 발신했는지를 궁금해하면서. 판단을 유보한 채로.

아버지의 말씀과 딸의 행동의 결합은 무한히 일어나고 있는 (성)폭력에 대한 우리의 이해방식 자체를 문제 삼는 것은 아닐까? 시인은 자신이 짐승의 세계에 거주한다고 말했다. 인간인 우리는 도덕과 규범 안에서 살아간다. 금기를 어긴 자, 폭력을 저지른 자에게는 그에 합당한 벌을 가한다고 말하는 세계에서 산다. 그러나 법은 일어난 행위에 대해 '사후적으로' 처벌할 수 있을 뿐이다. 법은 폭력 안으로 들어가지 않는다. 법은 폭력 바깥에서 그것을 정리하고 분류하고 박제로 만든다. 법은 인간을, 이미 질서가 된 기호를 보호한다.

　　그러므로 법은 인간 안으로 들어온 폭력은 처벌하지만, 인간 밖의 폭력에는 무력하다.* 시인이 자처하는 짐승은 '동물'이 아니다. 짐승은 법과 도덕이 길들이려 하지만 계속 탈주하면서 법과 도덕을 교란하는 욕망, 말하자면 절대로 동화시킬 수 없는 타자의 은유다. 법과 욕망의 분열은 사회적 이름, 사회적 인정을 위해 살

---

* 　브라질 영화 〈시티 오브 갓〉은 '신의 도시'라는 이름의 근대화된 슬럼가에서 마약과 총을 두고 권력 쟁탈전을 벌이는 갱들에 대한 이야기다. 신의 도시에 경찰은 없다. 경찰은 늘 뒤늦게, 사건 뒤에 등장한다. 그들의 임무는 신의 도시가 브라질 사회 안으로 들어오지 않도록 하는 것이다. 그들은 신의 도시의 폭력에 대해 알고 있지만 방관한다는 점에서 구경꾼이자 공모자들이다. 감독은 이런 무법이 일상인 슬럼가 아이들에게서 웃음과 춤을 발견한다. 어른이 없는 아이들의 세계에서 삶은 폭력과 춤, 죽음과 웃음 사이에 있다. 이곳을 바깥에 알릴 수 있는, 즉 바깥의 정의에 호소할 수 있는 유일한 존재인 주인공은 결정적인 사진을 찍지만, 그 증거를 바깥에 송출하길 거부한다. 그는 대신에 늘 그렇듯이 웃는다. 아버지-법이 부재하는 세상에서!

아가는 인간에게는 필연적이다. 우리는 이름을 얻고 자신의 욕망에서 멀어져 간다. 시인이 말하는 짐승은 법망을 교묘히 벗어나는, 법을 욕보이고 무너뜨리려고 하는 욕망의 다른 이름이다. 짐승은 인간의 짝패다. 법의 눈으로는 볼 수 없는 욕망의 폭력성, 잔인성, 추잡함은 사회적 이름들에도 불구하고 우리를 압도하는 진짜 삶의 생생함을 드러낸다.

욕망은 판단할 수 있는 게 아니다. 그것은 직접적인, 그냥 일어날 뿐인, 통제할 수 없는, 저질러진 것이다. 도덕적이고 사법적인 판단은 '사건'으로서의 욕망을 뒤처리할 뿐이다. 그것은 욕망에 선행하지 않으며 선행할 수도 없다. 김언희 시인의 잔혹극은 판단하는 순간 나쁜 언어, 억압적 현실을 환기시키는 글에 불과한 것이 된다. 시인은 나쁜 것들에 머무르면서 그것들이 우리에게 환기시키는 불쾌하고 불편한 현실과의 긴장을 고조시키려고 한다.

그래서 시인의 시는 그 자체로 강렬하다. 그 때문에 우리는 현실을 넘어선 다른 것을 얻기 위해 계속 거기에 머무를 수 있다. 나는 김언희 시인이 거는 내기에 적극 가담하고 싶다. 예술은 단순히 현실을 반복하는 도덕적 규범이나 사법적 판단의 도구가 아니며 사회적 가치를 정당화하는 공적 재산도 아니기 때문이다. 예술은 욕망의 편에 서서 사회와 상식을 공격하는 무기이자 망치이다. 그러므로 나는 우리가 기존에 갖고 있는 도덕, 상식, 판단을 이 시가 어떻게 문제 삼는지를 알기 위해 통념과는 다르게 생각해야 한다고 본다.

시인은 아버지의 목소리를 의도적으로 전면에 배치했다. 이것은 독자들의 동의를 바라기보다는 독자를 때리고 공격하려는, 그래서 충격을 주려는 아방가르드 예술가들의 오래된 전략에 가깝다. 아방가르드 예술가들은 자신의 작품에 분노한 관객이 공연장을 박차고 나가거나 경찰을 부를 정도로 관객이 갖고 있는 예술과 삶에 대한 편견과 상식을 공격한다. 비인간적인 괴물이면서 따스한 아버지의 목소리를 가진 남자와 침묵 속에서 능동적인 행위자를 자처하는 여자의 관계는 우리의 도덕적 규범 때문에 모욕당한다. 또 반대로 둘의 관계는 우리의 무감각성과 기계적 판단을 모욕하고 공격한다. 계속 인간이고 싶어 하는 사람에게 시인의 시는 폭력의 반복이고 현실의 재생산일 것이다.

하지만 이 시는 우리가 알고 있는 것이 왜 문제인지를 계속 의심하려는 자에게 다른 인식과 지식을 부여한다. 우리의 경험은 사실 우리의 것이 아니다. 우리의 이름이 중고이듯이 우리의 경험도 중고이다. 우리는 남들이 한 경험을 반복할 뿐이고 남들이 생각한 만큼만 체험한다. 우리는 자신의 삶을 있는 그대로 살기보다 사회적 통념이 인정하는 정도에 그친다. 우리의 경험이 진짜 경험이려면, 유일무이한 경험이려면 우리는 경험을 억압하고 재단하는 사회적 통념에 저항할 수 있어야 한다.

나는 이 시를 현실 폭력의 재현이나 폭력에 공모하고 향유하려는 욕망이라기보다는 도덕과 규범이 무력화되는 순간 출현하는 낯선 감정을 일으키려는 도전으로, 우리의 친숙한 감정과 인식에 대한 시험으로 보고자 한다. 시인은 우리를 모욕하기 위해 우리의 상투적인 감성과 인식을 환기시키는 아버지의 형상을 제시한다. 그것에 대한 기계적인 반응은 이 시에 대한 접근을 차단하는 장애물일 뿐이다. 침묵 속에서 행동하고 있는 딸의 형상은 낯설다. 물론 피 묻은 면도칼을 내뱉는 게 일상인 풍경에서 살고 있는 이들에게 이 시는 진짜일 것이다. 약자가 곧 피해자는 아니다. 약자는 폭력의 대상이 될 가능성이 높지만, 그렇다고 그것을 단순히 '대상화'로 번역해서는 안 된다. 폭력의 구조 안에서 약자가 발휘하는 능동성은 폭력에 대한 기계적인 이해를 불가능하게 만든다. 딸은 여성으로서 이미 항상 약자이지만 피해자는 아니다. 그녀는 대상의 자리에 머물면서 계속 행동하고 있다.

인간화를 이끄는 법의 통치에도 불구하고 폭력을 멈출 수 없다면 폭력을 바라보는 우리의 시각 자체에 문제가 있을지 모른다. 우리는 폭력을 다루는 다른 방식을 사유해야 한다. 그렇지 않으면 이미 일어난 폭력을 처벌하는 공적인 규범과 사법적 정의 외에는 다른 대안이 있을 수 없다. 법은 이미 항상 남성적 규범이며 폭력이다.[*] 그렇다고 사랑과 용서의 길도 대안이 되지 않는다. 그리고 그 길은 이미 충분히 알려져 있다. 비폭력의 윤리는 폭력의 바깥이 가능하다는 환상을 통해 폭력뿐인 세상에 대한 편협한 이해를 촉구하는 경우가 대부분이다. 우리에게는 폭력 안으로 들어갈, 폭력에 폭력으로 반응할, 포식자의 힘-폭력과는 다른 '힘'을 가진 약자의 삶이 필요하다. 그것은 잘 드러나지도 권장되지도 않을 뿐, 항상 존재하고 있다. 이미 그 자체로 폭력인, 손에 피를 묻힌 짐승의 형상이 늘 우리 앞에 놓여 있는 것이다(법-폭력과 사랑-비폭력은 '인간'과 더불어 항상 늦게 도착할 것이다.)

시인은 딸아이에게 침묵을 부여함으로써, 심지어 기이한 자발성과 능동성을 부여함으로써 폭력에 대한 우리의 기계적인 반응을 차단한다. 두 사람은 사디스트와 마조히스트의 역할을 충분히 도맡음으로써 우리를 비현실적인 공간으로 안내한다. 우리의 인간성이 무력해지는 장소에서 딸은 무언으로 행위하며 자신에 대한 연민과 동정을 차단한다.

"아버지로부터 아버지를 뿌리째 파내드릴게"

나는 2000년에 발간된 김언희의 두 번째 시집 『말라죽은 앵두나무 아래 잠자는 저 여자』의 3부 '가족극장'에 실린 스물한 편의 시 중 「가족극장, 이리와요 아버지」를 「아버지의 자장가」에 대

---

*   동시대의 윤리학과 정치학이 국가주의를 정당화하는 '인권' 개념과 법-정의를 거부하면서 국가주의에 호명되지 않는 인구, 즉 불법체류자나 난민, 혹은 이름 없는 존재들abject를 새로운 주체로 사유하려는 것도 이 때문이다.

한 화답으로 간주한다.[5] 이번에는 아버지의 목소리가 사라졌고 딸아이가 목소리를 가졌다. 아버지-말씀은 딸-법으로 대체된다. 아버지의 입에는 재갈이 물려 있을 것 같고 사지는 침대에 결박되어 있을 것 같다. 이제 딸은 아버지와 섹스한다. 아니 아버지를 '강간'한다.

「아버지의 자장가」를 주도했던 아버지의 목소리는 사이코패스처럼 감정이 없는 너그러움, 종속을 능동으로 오인하게 만드는 주인들의 목소리였다. 이번에 목소리를 배당받은 딸의 목소리는 헐떡임이고 고함이고 반문이고 심문이다.

이 시에는 신혼 첫날밤에 이뤄지는 신랑 신부의 섹스와 아버지를 강간하는 딸의 폭력이 겹쳐 있다. 「아버지의 자장가」는 아버지의 (성)폭력을 사랑으로 오인한, 그러면서 제 눈을 제 손으로 뽑는 기이한 자발성을 수행하는 딸의 목소리를 삭제함으로써 사랑이 곧 폭력인 이 세상의 너그럽고 온화하고 자애로운 아버지들을 재경험하게 만들었다. 우리가 기억하는 아버지는 대개 전적으로 너그럽거나 철저하게 잔인하다. 아버지는 원래 인자하면서도 잔인한 존재이지만, 기억의 교활함이나 말하기의 기만성이 우리를 어느 한 극단으로 이끈다.

이때 시인은 아버지의 이중성과 양가성을 우리 앞에 제출한다. 한없이 너그러운 이는 아빠라고, 한없이 잔인한 이는 개새끼라고 불릴 것이다. 하지만 아버지는 이 둘을 함께 갖고 있어야 아버

가족극장, 이리와요 아버지

김언희

이리 와요 아버지 내 음부를 하나 나눠드릴게 아니면
하나 만들어드릴까 아버지 정교한 수제품으로 아버지 웃
으세요 아버지 아버지의 첫날밤 침대맡에는 일곱 어머니
의 창자로 짠 화환이 붉디 푸르게 걸려 있잖아요 벗으세
요 아버지 밀봉된 아버지 쇠가죽처럼 질겨빠진 아버지의
처녀막을 찢어드릴게 손잡이 달린 나의 성기로 아버지 아
주 죽여드릴게 몇 번이고 아버지 깊숙이 손잡이까지 깊숙
이 아버지 심장이 갈래갈래 터져버리는 황홀경을 아버지
절정을 아버지 비명의 레이스 비명의 프릴 비명의 란제리
로 밤단장한 아버지 처녀 척하는 아버지 그래봤자 아버진
갈보예요 사지를 버르적거리며 경련하는 아버지 좋으세요
아버지 아버지로부터 아버지를 뿌리째 파내드릴게

지다. 아버지는 칭찬하면서 벌주고 안아 주면서 명령하는 존재다. 그것이 아버지라는 이름이 문명사회에서 수행하기로 약속된 역할이고 운명이다. 아버지의 역할과 운명 아래서 우리는 좋은 아버지 덕분에 행복하거나 나쁜 아버지 때문에 불행해진다. 그것이 사회적 관계 안에서 태어나는 우리가 자명하게 겪는 현실이다.

우리는 「가족극장, 이리와요 아버지」에서 처음으로 딸의 목소리를 듣는다. 우리의 경험을 뒤진들 그런 목소리는 찾아낼 수 없을 것이다. 아버지에게 맞았던 아들은 아버지만큼의 힘을 가질 때 아버지를 때린다. 폭력은 학습이고 학습된 폭력은 더 큰 폭력으로 약자(이제 늙은 아버지와 젊은 아들의 구도로 바뀌었다)에게 자행된다. 그런 점에서 폭력의 악순환은 곧 진보적이라고 가정된 문명의 실체다. 법의 정의와 나란히, 혹은 법의 정의에도 불구하고 폭력이 불멸하는 이유다. 폭력은 추상적이고 일반적인 법이 제어할 수 없는 구체적이고 개별적인 관계 안에서 역할을 바꿔 가며 지속된다. 보복만이 구체적이다. 용서나 비폭력이 사랑의 명령이라면 복수는 힘의 명령이다. 시에서 복수의 주체는 딸이다. 하지만 시인은 복수의 근거를 제시하지 않는다. 우리가 예상하는 이유도 대입할 수가 없다. 다만 아버지는 엄청난 죄를 지었음에 틀림없다. 아버지는 얼핏 납치된 것처럼 보이지만, 그가 정말 납치된 것인지도 사실 확실하지 않다.

시인은 딸의 복수극을 그리기 위해 초야권(初夜權)이라는 오래전의 관습을 전유한다. 혹자가 합법적 매춘이라고 비판하는 결혼은 집안의 경제 활동을 주도할 남자가 처녀인 신부의 몸에 대한 배타적인 소유권을 획득하는 첫날밤과 더불어 시작된다(나는 중세에 영주가 자기 영지의 농민과 결혼할 여성에 대해 행사한 초야권을, 앞으로 신부를 집 안에서 보호해야 할 대가로 행사하는 신랑의 권리 중 하나로 확대했다). 신부는 아내가 되면서 자신의 욕망에서 떨어져 나온다. 아내는 무성적인, 욕망이 삭제된 여성을 부르는 이름이다.

첫날밤 신부는 자신이 순결한 처녀임을 증명하면서 동시에 처녀막을 잃어야 한다. 결혼식에서 "네, 그렇게 하겠습니다"라고 서약한 신부는 처녀막을 찢기면서 남편의 소유물로 바뀐다. 섹스는 인간을 짐승으로 만든다. 하지만 신혼 첫날밤의 섹스는 인간화의 행위이며 아내를 만들어 내는 행위이다. 그날 밤의 섹스는 찢기이고 뚫기이고 그렇기에 강간과 겹친다. 동시에 그것은 한 남자와 여자가 부부로 탄생하는 의식이자, 성스럽고 엄숙한 가족의 탄생, 한 집에 사는 이성애자들의 탄생을 알리는 '인간적' 의식이다.

시인의 끔찍하고 폭력적인 묘사는 17세기에 샤를 페로가 쓴 잔혹동화 『푸른수염』을 연상시킨다. 첫날밤 침대맡에 걸린 '일곱 어머니의 창자로 짠 화환'은 푸른수염이 죽인 아내의 숫자를 환기시키면서 신혼의 침대에 드리워진 폭력과 살인을 암시한다. 지금껏 숱하게 많은 버전으로 각색되어 온 동화 『푸른수염』은 엄청난

부와 권력을 가졌지만 흉측한 귀족인 푸른수염이 일곱 명의 아내를 의심과 혐오 끝에 죽이고 여덟 번째 맞이한 젊은 아내에 의해 결국 죽임을 당하는 것으로 끝을 맺는다.

푸른수염은 정숙한 여성의 이름-정체성인 '아내'가 자신을 배신하고 명령을 어기게 만들기 위해 그녀들의 호기심을 이용한다. 호기심은 믿음과 충절을 초과하는 욕망이다. 푸른수염은 아내들에게 어떤 방의 열쇠를 맡긴 뒤 그 방만은 절대 들어가지 말라고 명령했다. 하지만 호기심을 이기지 못해 방에 들어간 아내들은 모두 남편에게 살해당한다. 호기심이 없는 아내들은, '더러운' 욕망이 없는 여성들은 없었다. 아내로 불리는 여성들은 모두 자신의 욕망, 아내에게는 금지된 욕망 때문에 나락으로 빠져들었다. 아내라면 의당 남편의 소유물이기에 그의 명령에 복종해야 할 것이지만, 아내들은 그런 약속을 저버렸다. 동화는 호기심 때문에 믿음을 저버리고 또 그랬기에 진실을 알게 된 여성들이 아내답지 못한 여성들이었다고 죽이는 '푸른' 남성과, 죽은 여성들의 몸에서 흘러나온 '붉은' 피의 대비를 통해 동화를 읽는 여자아이들을 두려움과 공포로 몰아넣었다.

시인은 자지를 '손잡이 달린 성기'라고 부른다. 여기서 우리는 자지가 손으로 쥐어야 하는 성스러운 그릇이라면 손으로 잡을 수 없는 보지는 손잡이가 없는 성기로 부를 수 있는 것 아니냐는 암시를 본다. 딸은 자신의 음부 중 하나(아, 딸은 음부가 여럿이다. 딸도 괴물이고 짐승이다!)를 아버지에게 나눠 준 뒤에 신랑 신부 놀이를 시작한다. 이제 딸은 이성애 남성의 성기의 쾌락을 위한 삽입 섹스로 아버지를 찢고 죽여주겠다고 말한다. 마치 결혼 첫날밤으로 설정된 소프트 포르노의 서사처럼.

시는 웨딩드레스를 입고 처녀인 척해야 할 여자 배우가 남자 배우의 거대하게 발기된 자지를 삽입한 후 비명을 내지르며 황홀경에 빠진 듯 연기하는 포르노를 연상시킨다. 아버지는 진짜 즐기는 것인지 받기로 한 돈만큼의 연기인지 모르는 배우에게서 (남자) 관객들(포르노를 보는 모든 이들은 결국 남성적 시선을 갖는다)이 원하는 표정을 짓고 있는 것은 아닐까. 아버지는 첫날밤의 침대에서 처녀인 척하는 갈보가 되어 있을 것이다. 딸의 강간은 정숙한 여자가 음탕한 갈보임을 보고 싶어 하는 남성의 (무의식적) 욕망을 따른다. 웨딩드레스의 레이스나 프릴, 혹은 속옷의 란제리(전형적인 여성성의 이미지들)도 처녀막처럼 찢길 것이고, 정숙한 아내는 갈보가 되어 있을 것이다.

우리는 이 시를 어떤 자리에서도 읽을 수 없다. 경험이란 보는 자 혹은 체험하는 자로서의 우리의 (안전한) 자리가 확보되었을 때에만 일어날 수 있는 것이다(자리 없이 일어나는 경험을 부르는 이름이 바로 '외상'이다). 하지만 기존의 모든 역할이 뒤죽박죽 뒤엉켜 있는 이 시를 이해하기 위한 자리는 어디에도 없다. 우리는 신부가 갈보가 되고 딸이 강간범이 되고 아버지가 피식자가 되는 무대를 볼 수 없다. 그 장면은 감상도 경험도 이해도 불가능하다. 이렇듯 폭력이 난무하는 시를 우리는 시라고 부를 수 없다는 것을, 그러므로 「아버지의 자장가」와 비슷하게 분노의 감정이 엄습하는 것을 감지한다.

아버지를 강간하는, 아버지에게 자신의 음부 중 하나를 나눠주고 아래에 짓눌려 있을 아버지를 갈보로 만들어버리는 이 딸의 폭력은 어떤 욕망과 진실을 전달하고 있을까? 부친살해가 문명의 동력이라는 것은 앞서 이야기했다. 문명은 아들들의 서사인 부친살해를 통해 영속된다. 실비아의 아빠-개자식은 아버지에서 남편으로 이어지는 여성의 사회적 굴레의 연속성을 드러내고 문명의 중심을 차지한 모든 아버지-법-폭력을 시적 화자의 글쓰기를 통해 단죄하는 형식을 따른다. 실비아 플라스는 그 시를 통해 자신의 사회적 이름을 지웠다. 이제 김언희는 아버지를 갈보로 만듦으로써, 아버지를 가장 비천한 여성으로 만듦으로써 법-폭력에 대한 공격을 완수한다.

이때 갈보는 가족의 '구성적 외부constitutive outside'다. 서로에게 충실한 부부와 착한 자식들로 구성되는 가족은 냉혹하고 준엄한 경쟁 사회에서 살아가는 이들이 꿈꾸는 환상이자 따듯함과 안식을 제공하는 도피처다. 우리는 집에서 우리를 기다리는 가족이 지치고 소외된 광장에서의 노동으로부터 우리를 보호해 줄 것이라 기대한다. 이것은 우리가 현실이 잔혹해질수록 더욱 매달리는 환상이다.

집은 구성원들이 아버지의 통치의 욕망에 복종하고 길들여지는 곳이다. 집은 아버지의 거처이고 아버지의 법이 감독하는 곳이다. 갈보는 그러한 집에서 밀려난 욕망이고, 좋은 여자인 아내와 대비되는 나쁜 이름이다. 역사적으로 집안의 천사와 창녀가 같은 시대에 등장했다는 것은 그 둘이 서로를 통해서만 이해될 수 있는, 서로를 배경으로 해야 자기 정체성을 가질 수 있는, 즉 그 자체로는 비어 있는 이름이라는 것을 보여준다.

그래서 집은 갈보의 출현과 함께 붕괴되거나(집은 환상이었으므로), 다시 안전한 내부로 봉합된다(환상은 다시 세워진다). 갈보는 집의 전제이고 잔여물이며 중핵이다. 시인은 첫날밤, 즉 가족이 세워질 성스러운 침대에서 처녀인 척하던 여자가 결국 갈보라는 것을, 집과 바깥이 하나로 겹친다는 것을 폭로한다. 이때 처녀에서 갈보로 변하는 것은 아버지이고, 이러한 성적 대상화는 딸에 의해 전개된다. 법 자체이자 법의 대리인인 아버지는 욕망의 장소에 납치되어 비천한 여성이 된다. 시인은 흔해 빠진 여성 이미지를 거부할 뿐 아니라 남성성과 여성성을 구성하는 젠더 규범마저도 아무것도 아닌 것으로 만들어버린다. 아버지가 갈보라니!

나는 이것을 폭력 '안'에서 일어나는 사랑의 윤리, 자비의 윤리라고 부르고 싶다. "아버지로부터 아버지를 뿌리째 파내드릴게("아버지 힘들어도 조금만 참아"가 환청처럼 깔린다)"라는 말은 잔혹함과 모욕이 아버지를 위한 것임을 암시한다. 딸은 자신의 근친상간/강간에 어떤 논리와 이유가 있다고 말하는 듯하다. 그녀는 아버지에게 복수하지만 그 복수는 폭력의 악순환을 끊으려는, 폭력으로부터 나가려는 행위다.

폭력을 없애기 위해 더 많고 더 나은 아버지를 세우는 것, 법을 더 공고히 하는 것은 근대의 역사가 보여주었듯이 실패했다. 그렇다면 남자들에게 남은 길은 '여자 되기'다. '여자 되기'는 추락이다. 더 철저히 추락하고 비천해지지 않으면 폭력에 대한 저항은 불가능하다. 앞서 폭력은 권력을 쥔 주체와 권력이 없는 대상의 자리바꿈을 통해 영속성을 갖는다고 말했다. 대상의 자리에 있었던 혹은 그 자리로 추락했던 이들에게 근대는 폭력의 주체가 되는 방법을 제시했다. 밝은 곳, 강한 곳, 정의가 구현되는 곳으로 올라가는 것, 이것이 근대가 광장, 공적인 것, 법을 가치화한 방법이었다. 이것은 법-폭력, 이성-광기의 길이었다.

김언희의 시에서 딸은 헐떡이는 목소리로, 말씀-폭력이 아닌 몸-폭력으로, 아버지를 아버지로부터 구해내려고 한다. 아버지에게서 아버지를 뿌리째 파내는 것, 이것이 딸이 아버지를 사랑하는 방법이다. 아버지를 강압적으로 갈보로 만드는, 아버지를 무력화하고 아버지를 여성 중에 가장 비천한 여성으로, 광장을 활보하는 여성으로, 누구든 죽여도 되는 여성, 욕망인 여성으로 만드는 것은 아버지란 이름의 추락을 위한 것이다. 남성의 길은 올라가는 길이지만 여성의 길은 내려가는 길이다. 딸은 아버지를 죽임으로써 아버지를 살린다. 아버지로부터 뿌리째 파내진 아버지, 아버지란 이름이 남김없이 제거된 아버지, 사회적 이름과 갑옷이 제거된 아버지, 갈보인 아버지, '진짜 여자'인 아버지.

인간의 세계는 언어들이, 명사들이, 이름들이 위계질서를 통해 수직으로 세워지고 이름에 합당한 값을 부여받는 곳이다. 하지만 짐승의 세계에서는 어떤 이름도 다른 이름에 비해서 힘을 갖지 못한다. 그런 세계에서라면 아버지도 아버지가 아닐 것이고 갈보도 갈보가 아닐 것이다. 집도 집이 아닐 것이고 우리는 모두 나란히 '그것'에 불과할 것이다.

시인의 "그래봤자 아버진 갈보예요"라는 말은 사회적 삶의 꼭대기와 바닥을 등치시킴으로써, '좋은'과 '나쁜'을 하나로 만듦으로써, 우리의 폭력과 분노를 일시적으로 잠재워 준다.

최승자의 아무것도 아닌 나, 영원한 루머

시인의 삶은 대체로 참혹하다. 죽을 때까지 자기 말대로 살아가야 하는 운명을 기꺼이 선택한 이들의 방랑은 그 자체로 참극이다. 자기 말에 삶을 담으려는 이들의 운명이 집도 가족도 친구도 하나 없는 삶일 때, 그들의 정직함과 간결함은 우리를 두렵게 한다. 말과 삶이 하나가 아닌 우리는 영영 사회를 떠나지 못한 채로, 그런 우리를 이미 용서한 채로, 기만일 뿐인 일상을 영위한다. 우리가 가짜 이름, 가짜 집, 가짜 가족, 가짜 친구들과 살아가는 동안, 그저 자기 몸 하나를 낚싯줄에 걸고 삶의 비의를 낚는데 헌신하는 이들에게서 우리는 결국 위로를 얻는다. 시인은 진짜삶을 살아가는 이들이고 고통과 슬픔, 상처를 핥는 짐승이다. 시인들은 가족, 사회, 국가, 민족처럼 남성적인 장소를 기꺼이 떠나어둡고 병들고 축축한 곳을 전전한다. 이를 두고 이름을 잃으려는자들이 치르는 대가라고, 이름 대신에 자유를 선택한 이들의 방랑이라고 묘사할 수도 있을 것이다.

시인 최승자의 삶은 끔찍하고 강렬하다. 최승자는 1980년대를 풍미했고 다섯 편의 시집을 낸 중견시인이다. 하지만 그녀는 2000년 이후로 여관방과 고시원을 전전하며 술 외에 거의 모든 곡기를 끊고 정신분열과 환청에 시달리며 방랑하다가 어느 지방의료원에서 친지에 의해 발견된다. 그러다 2010년에 한 권의 시집을 출간한 뒤 계속 살던 대로 살고 있다.

사회적 삶의 무의미와 허무를 알아버린 이들은 일찍 죽거나사라진다. 사회적 삶은 나와 무관한 채 나를 숙주삼아 영생하는아버지의 삶이기 때문이다. 실비아 플라스는 서른 즈음에 떠났고, 김언희는 사회적 언어의 힘이 최소화된 곳에 살면서 '인간'이 살고 있는 서울에는 오지 않으려 한다. 최승자 역시 그녀의 첫 번째시집에서부터 이미 자신이 알고 있다고 고백한 삶의 무의미와 허무릇 자신의 긴 목숨으로 일생 동안 증언한다. 그녀는 대부분의 시인들이 나이 들어 진입한 사회적 역할들을 거부한 채 계속 길에서 산다. 어쩌면 그녀는 일찌감치 자기가 반은 죽은 존재임을 공언했기에 구태여 죽지 않는지도 모른다. 이미 죽은 것은 다시 죽지 않으므로 오직 글자로서만 제 삶을 살아간다. 그녀가 바로 글자다.

나는 최승자의 「일찌기 나는」이란 시가 사회적 이름들 없이 자신을 부르는 탁월한 사례라고 생각한다.[6] 최승자는 그 시에서 이름이 불림으로써 자신이 소외된다는 것을 알아챈 이가 자신을 어떻게 생각하는지 보여준다. 그녀의 첫 번째 시집 『이 時代의 사랑』의 첫 번째 시 「일찌기 나는」은 "나는 누구인가"란 질문을 어떤 토대도 없이 무(無) 위에 세운다.

나는 아무것도 아니라는 것이야말로 진정한 깨달음이다. "나는 나다"라든지 "나는 xx이다"라는 말은 내가 존재한다는 것을 확신하는 자들이 구사하는 화법이다. 앞서 이야기했듯이 나는 실체도 정체성도 아닌 한낱 이름이다. 그 이름이 나를 대단한 사람으로, 의미 있는 사람으로, 사랑받는 사람으로 만든다. 내 이름이 나의 '있음'을 보증한다. 이름은 이미 있는 것이고 역할이다. 나의 바깥에서 오는 이름은 나의 안을 채운다. 이름은 또한 가짜이고 기만이고 환각이고 환상이다. 그러나 우리는 자신이 아무것도 아닌 것, 물건, 대상이라는 깨달음에 도달하면 비참해진다. 그래서 한낱

일찌기 나는

최승자

일찌기 나는 아무 것도 아니었다.
마른 빵에 핀 곰팡이
벽에다 누고 또 눈 지린 오줌 자국
아직도 구더기에 뒤덮인 천년 전에 죽은 시체.

아무 부모도 나를 키워 주지 않았다
쥐구멍에서 잠들고 벼룩의 간을 내먹고
아무 데서나 하염없이 죽어 가면서
일찌기 나는 아무 것도 아니었다

떨어지는 유성처럼 우리가
잠시 스쳐갈 때 그러므로,
나를 안다고 말하지 말라.
나는너를모른다 나는너를모른다.
너당신그대, 행복
너, 당신, 그대, 사랑

내가 살아 있다는 것,
그것은 영원한 루머에 지나지 않는다.

물건이나 대상이 된 자신을 애써 외면한다.

　사회 안에서 살아가는 우리는 이런 나락을 감당할 수 없다. 그러나 나락은 내가 새로이 탄생할 수 있는 기회이기도 하다. 자신을 덮고 있던 이름들이 자기 것이 아님을 깨닫는 순간, 아무것도 아닌 자신을 받아들이는 사람들이 있다. 그들은 하찮은 것, 무의미한 것, 쓸데없는 것이 된 자신을 긍정한다. 그때 그 사람은 가벼워지고 자유로워지며 새롭게 시작할 수 있다. 모든 것을 잃은 사람이 생을 포기하려는 순간에 갑자기 얻는 자유와, 그가 짓는 환한 웃음에 대한 영화를 누구나 한 번쯤은 보았을 것이다.

　좋은 이름들이 내게서 멀어지는 순간, 나는 좋은 것과 나쁜 것 어디에도 깃들 수 있는, 아버지건 갈보건 어떤 이름으로 불려도 상관없는 존재가 될 수 있다. 어쩌면 불가능한 민주주의, 이념으로의 민주주의는 모든 이름이 무차별적으로 공존하는 이 소요, 난장판, 무의미인 게 아닐까? 모든 존재와 이름이 나란히 광장에 출현할 수 있다면, 우리는 그와 같은 (불)가능성을 통해 계속 살아갈 수 있을 것이다.

　우리는 뜻하지 않게 물건이나 대상이 되는 경험을 한다. 그것은 실패, 실수, 배신과 같은 경험에서 나온다. 우리는 "왜 하필이면 내게 이런 일이"라고 자문하며 분노한다. 분노는 사회에 대한 우리의 믿음을 반증한다. 하지만 사회적 관계는 애초부터 우리의 것이 아니었다. 우리의 분노는 사회가 우리를 자신의 숙주로 이용한 것에 대한 무지에서 비롯한다. 처음부터 이 세계의 자명성을 믿지 않은 이들, 아주 예민하고 성찰적이었던 이들, 우리가 예술가나 시인 혹은 이방인이나 청년이라고 부르는 이들은 아예 그 사회적 관계 안으로 들어가지 않는다. 설사 그 사회적 관계 안에서 살아간다고 해도 그 사회적 관계의 구조를 볼 줄 안다. 그들은 이 사회가 우리를 물건이나 대상으로 취급한다는 것을 이미 항상 알고 있다. 그들은 자신이 언제든 이 이름에서 떨어져 나가 물건이 될 수 있다는 것을, 자신이 이미 물건이라는 것을 간파한다. 즉, 자신의 사회적 삶이 얼마나 무의미한지 알고 있다.

최승자는 시의 맨 앞부분에 '일찌기'란 부사를 배치한다. 그럼으로써 그녀는 자신의 하찮음을 어느 날 문득 알게 된 게 아니라고, 자신은 삶의 무의미함과 하찮음을 이미 깨달은 고결한 자라고 선포한다. 시인은 더 나은, 더 행복한, 더 의미 있는, 더 건강한, 더 좋은 것을 향한 길을 거부한다. 그것은 속는 자들, 믿는 자들, 진실을 외면한 자들, 어리석은 자들이 가는 길이기 때문이다. 그러므로 그녀는 아래로, 더 아래로 내려간다. 더 나쁘고, 더 우울하고, 더 아프고, 더 약하고, 더 아래에 있는 것들을 향해. 시인이 자신과 등치시키는 존재는 "마른 빵에 핀 곰팡이", "벽에다 누고 또 눈 지린 오줌 자국", "아직도 구더기에 뒤덮인 천 년 전에 죽은 시체"다.

마른 빵에 핀 곰팡이라니. 곡기를 끊고 식음을 전폐한 이가 오래전에 사 두고 잊어버렸을 법한 마른 빵 어디에 물기가 남아 있었길래 곰팡이가 피었을까. 이토록 징글징글하게 자라나는 목숨들이라니! 마른 빵에서 핀 곰팡이는 우리에게 무슨 깨달음을 줄 수 있을까? 곰팡이 같은 목숨은 과연 살 가치가 있는 것일까? 허름한 술집이나 들락거리며 계속 취해 있는 이는, 술집 뒤켠 으슥한 곳에 오줌을 누고 또 누어서 오줌 자국이 남은 벽을 기억한다. 오줌 자국은 오래도록 비도 오지 않은, 누구도 그 냄새를 신경 쓰지 않는 더럽고 누추하고 허름한 목숨들이 모여 있는 곳의 흔적이다.

아직도 구더기가 뜯어 먹고 있는 천 년 전에 죽은 시체는 또 어떤가. 이미 육탈이 끝났거나 아무것도 자랄 수 없는 미라여야 할 천 년 전에 죽은 시체에 썩은 살점이 아직도 얼마나 많은지 구더기에 뒤덮여 있다. 이것은 오직 시적 상상 속에서만 가능한 이미지다. 곰팡이나 싸구려 술집의 오줌자국이나 비대한 구더기는 사회가 외면하는, 사회적 의미화가 불가능한, 동원하고 싶어 하지 않는 삶에 대한 은유들이다. 시인은 그것들 한가운데에 자기를 놓는다. 자신은 아무것도 아닌 존재니까.

나는 이제 "나는 아무것도 아니다"란 부정문을 "나는 無이다 I am nothing"란 긍정문으로 고쳐 읽으려 한다. "나는 아무것도 아니다"는 좋은 이름들이 거부한 나, 사회적 역할을 거부당한 나를 뜻한다. 반면 "나는 무이다"는 말을 통해 나는 있고 없음을 가리기도 전에 존재하는 무, 충만함으로 바뀐다. 나는 이름 붙일 수 없는 것, 이름에 들어가지 않는 것, 이름 그 자체를 지배하는 것이 된다. 세상에 무만큼 꽉 찬 것이 어디에 있을까. 무는 절대적이다. 그것은 아무것도 필요로 하지 않는다. 무는 카오스와 코스모스의 차이가 생성되기도 전의 근원이다.

시인은 "무에 굳이 이름을 붙인다면 무엇일 수 있는가"라는 질문을 던지면서 곰팡이, 자국, 구더기-시체라는 이름을 열거한다. 이렇게 썩은 것들의 이름만이 무를 가리킬 수 있다. 이것들은 부정적이고 열등하며 비천하고 쓸모없다. "나는 누구인가"라는 질문, 정체성과 있음을 확인하려는 질문에 대해 시인은 나는 없음이고 무이며 무가치한 것이라고 대답한다. 이렇듯 사회적 이름에서 비껴난 것들로 자신을 정의하는 말은 자신의 유일무이한 삶을 긍정하는 것이고, 사회적 시선으로는 포착할 수 없는 존재를 보호하는 것이다.

이름 없는 것인 내게 부모가 있을 리 없다. 그러므로 아무 부모도 나를 키워 주지 않았다. 세상에 있는 온갖 종류의 부모도 나의 부모로 불릴 수 없고, 나는 세상 모든 부모의 자식에 어울리지 않는 과잉 그 자체다. 스스로 고아라고 선언하는 이는 자신에게 합당한 부모가 없기 때문에 고아라는 의식을 견지한다. 우리의 부모는 세상에 이미 있는 부모의 버전 중 하나에 불과하다. 나는 기존의 형식과 관습에 의해 키워지고 '무엇인가'가 된다.

그렇게 해서 획득한 "나는 무언가이다 am something"라는 말에서 '무언가'에는 진짜 내가 없다. 진짜 성장은 내게 들러붙으려 하고 또 내가 들어가 앉으려고 하는 이름들에서 나를 빼내는 데 달려 있다. 아무것도 아닌 것이 되는 것, 아무 데서나 잠들고 하염없이 죽어 가는 것, 쥐새끼나 벼룩이 되는 것에 달려 있다. 만약 그렇게 되지 않는다면 우리는 돈, 집의 평 수, 자동차, 통장, 아이들, 지위 같은 것을 얻기 위해, 정규직이 되기 위해 안달복달하고 결혼하고 아이를 갖기 위해 살아야 할 것이다. 그것은 나를 위한 것이 아니라 사회를 위한 것이다. 시인이 스스로를 아무것도 아닌 것, 무로 언명하는 것은 위대한 거부에 근거한 위대한 긍정이다.

우리는 이 세상의 이름들 때문에 상처 입는다. 내 아버지가 좋은 아버지가 아니고 내 어머니가 좋은 어머니가 아니며, 내 친구가 좋은 친구가 아니고 내 애인이 좋은 애인이 아니라는 것 때문에 고통받는다. 그들이 나를 물건처럼, 짐승처럼, 시체처럼 대했다는 것이, 나를 버러지 취급했다는 것이 우리가 상처받는 이유다. 우리가 사회로부터 버림받았다는 것은 이 사회가 얼마나 끔찍한지를, 진실을 알게 되었음을 증명한다. 우리는 그때 얻은 상처가 나를 나쁜 이름들에 더 가까이 가게 하는 기회라는 것을 알게 된다. 나쁜 이름들은 우리가 곰팡이나 자국이나 시체, 즉 하염없이 죽어 가는 존재임을 알게 해 준다. 죽음은 무엇인가? 죽음은 우리가 이름에서 벗어난다는 것을 의미한다. 우리가 자처해서 반복하는 실패와 상처 덕분에 우리는 죽음을 경험할 수 있다.

다시 태어난다는 것은 이름을 얻는 대신 자신의 삶에서 멀어지고 진짜 탄생의 기회를 박탈당하는 데 따른 모욕감에서 벗어나는 것, 즉 자신의 죽음을 자기 것으로 만드는 일이다. 우리의 죽음이란 이름 없는 삶, 이름에 들어가지 않은 삶, 죽음 가까이에서 아슬아슬하게 생존하는 삶을 긍정하는 것이다. 우리는 쥐구멍에서도 잠들고 벼룩의 간을 내먹고 아무 데서나 잠들 수 있는 '홈리스'가 인간이라는 것을, 그것이 삶의 진짜 이름이라는 것을 받아들여야 한다. 그때 세상은 우리가 아는 이름 없이, 오직 우리 자신의 경험 속에서만 태어날 것이다. 우리가 처음 맡는 냄새, 처음 만나는 존재, 처음 만나는 바람이 우리를 우리 자신으로 만들어 낼 것이다. 우리는 아무것도 아닌 것이 되었기 때문에 비로소 그것들과 하나가 될 수 있다.

우리는 시의 세 번째 연에서 시인의 깨달음이 관계의 실패를 통해 구체화됨을 확인한다. 이 모든 것은 사랑의 실패, 혹은 사랑의 불가능성 가까이에서 쓰였다. 시인에게 사랑은 떨어지는 유성이 서로를 스쳐갈 확률만큼이나 희박한 사건이다. 서로에게서 자신이 아는 것을 다시 확인하는 것으로서의 사랑은 아무것도 아닌 나에게는 불가능한 일이다. 사랑이 모르는 사람들끼리 만나 서로를 특별한 사람으로 만들고, 이제 "나는 너를 알아"라고 말하는 것이라면, 아무것도 아닌 나를 알아보고 특별하게 만드는 일은 일어날 수 없다. 그렇기에 아무것도 아닌 나를 앞에 두고 할 수 있는 말은 "나는 너를 모른다" 뿐이다. 시인은 이 말을 한 줄에 두 번 썼다. 그럼으로써 이 말은 진정한 사랑의 언어로 탈바꿈한다.

세속의 사랑은 모르는 사람들이 서로에게서 자신이 이미 알고 있는 것을 알아보는 반복의 행위다. 그렇기에 이 사랑은 먼저 내가 있고 그 다음에 네가 있게 되는 순차성을 전제한다. 나는 이미 항상 사랑하는 능동적 주체이고 너 역시 나만큼이나 능동적 주체이다. 여기의 내가 거기의 너를, 혹은 거기의 내가 여기의 너를 알아본다. 이런 상호주관성은 사랑이 앎의 회로 안에서 일어나는 이성적 활동임을 증명한다. 우리의 사랑은 슬프게도 너무나 이성적이다.

그러므로 시인이 "나를 안다고 말하지 말라"고 단언할 때, 즉 안전한 자리에 있는 네가 이곳에 있는 나를 알아보는 지식화의 활동으로 나를 포섭하지 말라고 말할 때, 아무것도 아닌 나는 너에 의해 알려질 수 없다고 경고할 때, 우리는 이 시에 등장하는 나, 너, 우리의 기괴함에 혼란을 느낀다. 이 시는 진부한 사랑을 경계하면서 사랑에 대해 다시 쓰고 있다.

나를 알아본 너, 나를 사랑하는 네가 "나 너를 알아"라고 말할 수 없을 때에도 둘을 묶는 우리는 여전히 존속한다. 두 사람은 이미 우리로 불리고 있기에 서로를 향해 사랑의 관성, 혹은 능동성의 환상을 행사하려 들 것이다. 너의 능동성은 나를 목적어로 만들고 그럼으로써 나를 대상화한다. 그 역도 마찬가지다. 따라서 우리는 상호주관성의 환상 속에서 서로를 대상화하고 있을 뿐이다. 네가 모르는 사람이라는 것, 네가 동일시할 수 없는 타자라는 것은 세속의 사랑에서는 자꾸 잊히고 삭제된다. 물론 이런 잔인하고 고통스러운 진실에도 불구하고, 화자가 되뇌는 "너당신그대, 행복" 혹은 "너, 당신, 그대, 사랑"은 너를 알고 네게 기대고 그럼으로써 삶의 의미를 되찾으려는 안간힘이나 갈망을 표시한다. 아무것도 아닌 나를 중요한 사람으로, 곰팡이나 오줌 자국 혹은 시체의 자리에서 인간의 지위로 끌어올려 줄 너의 출현은 내게 미혹이다. '당신'이나 '그대'와 같은 따스한 언어를 내포한 너의 출현은 내게 행복과 사랑을 보증한다. 그 길은 아무것도 아닌 나를 인간으로 만들어 줄 것이다.

그런데 그 문장에 앞서 두 번 쓰인 "나는 너를 모른다"로 인해 그런 세속의 행복, 사랑으로의 길이 차단된다. 화자는 아무것도 아닌 나의 자리에서 나오지 않는다. 아무것도 아닌 나에 대한 긍정은 나를 특별한 사람으로 만들기 위해 "나를 안다"고 말하는 너의 무지에 대한 경고에서 확고해진다. 물론 우리는 이것이 세속의 사랑을 거부한 자가 사랑의 실패 이후 고통 속에서 하는 말임을 이 시에서 유일하게 환한 언어인 '행복'과 '사랑' 때문에 감지한다. 화자는 "나를 안다"고 말하는 너로 인해 잠시 행복과 사랑을 맛보았을지도 모른다. "나는 너를 모른다"고 말하라는 화자와 "나를 안다"고 말하려는 너를 묶어 주는 일인칭 복수대명사 '우리' 때문에 3연은 잠시 나의 인간성의 가능성을 시사한다.

그러나 화자인 나는 마지막 4연에서 자신의 살아 있음을 '루머'라고 명명한다. 늘 어둡고 축축하고 냄새나는 곳에 사는 사람에게 그곳은 어쨌든 집이다. 짐승의 세계에서 사는 내가 잠시 맛본 인간 세계의 따뜻함은 기존의 나를 부정하게 할 수도, 더욱 긍정하게 할 수도 있다. 그런데 화자는 사랑의 환상과 불가능성을 기록한 뒤 곰팡이, 오줌 자국, 시체와 같은 형상들로 자신을 규정하는 것조차 넘어선다. 이제 그녀는 자신을 루머, 즉 어떤 시각적 이미지로도 재현할 수 없는 청각적 언어로 규정한다.

루머는 거의 모든 재현 이미지들이 들락날락할 수 있는 구멍이다. 루머는 어떤 이미지로도 고정되지 않는 얼룩이다. 루머는 실체 없는 말, 주인 없는 말이다. 루머는 어디든 간다. 루머는 또한 언데드다. 누구도 내가 살아 있다는 것을 증명할 수 없다. 부모가 거부했고 사랑도 거부한 채 한낱 시시한 이미지에 만족하는 나, 하염없이 죽어가는 나는 서로를 알아보고 인정하고 사랑하는 세상을 거부한다. 그럼으로써 오직 자기 자신으로 존립한다.

최승자의 시는 고독하고 가난한 사람의 기괴한 자기긍정문이자, 세상 사람들이 누리는 행복과 사랑에 대한 위대한 거부다. 이 시는 저마다 자신이 대단한 존재라고 생각하길 강요하는 사회에서 자신이 아무것도 아님을 천명함으로써, 사회에 대한 전면 거부를 선포했던 극단적인 예술가들의 행로에 가담하고 있다. 20대의 최승자는 이미 사회적 자아로서의 자기 부정과 단독자로서의 자기 긍정을 한 편의 시로 성취했다. 그리고 60대가 된 지금까지 시인의 시 짓기는 그런 스탠스를 반복하는 데 바쳐졌다. 이 지겹도록 아니, 미치도록 투명한 일관성이 내적으로 드러낸 차이와 반복을 음미하는 일, 그것이야말로 또 다른 고독하고 가난한 이가 해내야 할 임무다.

4

근대를 횡단하는
방법들에 대하여

우리는 혐오스러워 보인다 해도 사랑 말고는
다른 선택지를 갖고 있지 않다는 것을 알게 된다.

시가 똥처럼 떨어진다
낳아놓은 똥은 죽은 걸까, 산 걸까?
냄새가 나는 걸 보니 썩어가고 있구나
똥 주위를 휘 돌아본다
이 죽어가는 걸 어떻게 살릴까
다시 내 속에 넣어볼까, 살아나려나—

그런데 너, 내가 더럽니?
내 시가 더럽니?
　　　　— 박연준, 「詩」

　　예술가들이 주인공인 이 책은 근대의 프레임 혹은 이데올로 기 안에서 살아가는 우리 현대인들에 대해 이야기하고 있다.* 지금까지 우리는 이 책에서 예술가들이 근대의 문제를 어떤 형식과 스타일로 감각하는지, 예술가들은 현대인의 증상인 소외와 우울을 어떻게 재구성하는지 탐색했다. 나는 여기서 더 나아가 현대인에게 필요한 것은 무엇보다 시적이고 미적인 언어를 배우는 일이라 제안하고 싶다. 우리는 이해와 소통이라는 사회적 효율성의 언어가 아니라 무로서의 생에 충실한 미적 언어를 배워야 한다.** 기성의 사회에 대한 철저한 거부로서만 사회에 기여하는 예술의 가치를, 허약하게 남은 인간의 자취를 따라가며 삶을 음미하는 법을, 그러므로 사회가 가르친 두려움과 공포를 거부하고 생을 긍정하는 법을 배워야 한다.

과학기술이 삶을, 이성이 사회를, 주체가 역사를 더 나은 방향으로 이끌 것이라는 근대적 확신은 전지구적 패러다임으로 확장되면서 지속되고 있다. 초기의 근대화가 서구에 한정되었다면, 후기산업사회의 근대화는 비서구의 자발적 동의와 동화를 통해 더욱 가속되고 있다. 우리 비서구인들은 서구화로서의 근대화 혹은 문명화를 역사적 필연성으로 받아들였다. 전지구적 보편성으로서의 근대화는 설사 그것을 특정 지역의 문화적 패러다임으로 한정하려는 포스트모던한 시도에도 불구하고, 자생적 근대화, 역사적 필요성, 혹은 타율적 종속이라는 이름으로 지속되고 있다. 민족-국가들의 경계를 횡단하는 다국적 기업의 패권과 신자유주의의 득세로부터 자유로운 지역은 극히 몇몇 곳을 뺀다면 거의 존재하지 않는다. 근대의 인간중심주의가 현재 우리가 살고 있는 삶의 지평이라면, 그것이 우리에게 준 것만큼이나 그로 인해 우리가 감수해야 하는 문제들을 좀 더 '부정적으로', 좀 더 철저히 성찰하려는 게 이 글의 주된 목적이다.

---

* 나는 서구에서 18세기부터 20세기 중엽까지의 특정한 시기를 가리키는 근대와, 근대의 규범적 가치관을 따르면서 거부하는 이중적인 태도를 함축한 현대를 구분하고자 한다. 둘 모두 the modern의 번역어다. 한편 포스트모던은 20세기 후반에 들어 근대와는 확연히 다른 현상들, 태도들이 등장하면서 근대 이후post와 근대에 반대하는anti 시대란 의미로 동시에 사용되고 있다

** 문학과 예술의 사회적 가치는 반사회적이라는 데 있다. 예술에는 유용성과 효율성, 즉 도덕적 교훈, 경제적 상품성과 쓸모가 없다. 그렇기에 미적이다. 이러한 반사회적 특성이, 즉 '상대적 자율성'이 예술을 근대의 타자로 만들어 왔다.

우리는 더 안전하고 편리하고 효율적인 삶이라는 근대의 성과에 포섭되었기에 유능한 인간, 주체가 되어야 한다. 인간이 합리적으로 사유하고 판단하는 주체라는 근대의 선언에는 세계를 인간의 지성으로 환원하려는 거대한 욕망이 들어 있다. 돌아보건대 그런 욕망은 특정한 인간만을 주체로 제한했다. 주체는 인종, 계급, 젠더, 세대를 나누고 서열화했다. 따라서 백인에게는 야만적인 유색인이, 남성에게는 히스테리적인 여성이, 어른에게는 순진한 아동이, 이성애자에게는 병적인 동성애자가 타자로 주어졌다. 백인, 남성, 성인, 이성애자인 주체를 위해 유색인, 여성, 아동, 동성애자 등등의 타자가 열등하고 믿을 수 없는 약자로 탈바꿈했다. 타자는 우리와 다른 것, 우리보다 약한 것, 혐오스러운 것, 그러므로 글자 그대로 혹은 상징적으로 죽여도 되는 것을 가리킨다. 그렇기 때문에 오늘날의 윤리는 죽이고 싶은, 혹은 죽여도 되는 타자와 어떻게 함께 살 것인가에 달려 있다.

근대적 주체는 이성적 인간과 비이성적 인간이란 이분법 안에서 작동한다. 대상화란 우월한 존재들의 타고난 능력인 지성의 판단 아래 여러 다른 삶을 단순화, 객관화, 일반화하는 것이다. 다른 것, 즉 타자는 아직 모르는 것이거나 계속 모르는 것이다. 타자는 공존을 요청하지만, 세계의 재현가능성과 인식가능성에 대한 근대적 믿음은 타자를 이성적 사유의 대상으로 전유함으로써 바깥을 처음부터 배제한다. 타자는 대상이기에, 말하자면 주체가 아니기에 이미 문명화된, 이미 아는 주체의 도움과 연민을 간구할 뿐이다. 성적 대상화건 인종적 대상화건 모든 대상화는 주체화보다 더 심각한 문제다.

대상화는 타자에게서 삶을 빼앗는다. 대상화는 타자를 주체의 시선 안에 둠으로써 느끼고 말하고 행위하는 존재로서의 타자를 삭제한다. 한편 주체는 인간의 오감 중 가장 이성적이고 분석적인 시선으로 환원됨으로써 탈감각화된다. 주체는 타자의 타자성otherness의 반격을 물리칠 안전한 거리를 확보한 채 타자를 향유한다. 연민과 동정은 타자를 무력화할 때 출현하는 쾌락이다. 거리를 확보하고 타자를 즐기는 주체의 시각적 쾌락과 지식욕은 오늘날의 전지구적 폭력이다. 지식은 그렇기에 이미 포르노적이고 근대적 봄 자체가 포르노다.

근대의 실패를 어떻게 가로지를 것인가

근대화가 타자를 대상화하는 것이라면 포스트모던은 타자의 타자성이 돌아오는 '바로 그때', 즉 주체가 와해되는 때를 뜻한다. 근대화를 겪으면서 발명된 아이, 여성, 유색인, 동성애자는 각자 학교에, 집에, 자연에, 벽장에 갇힌다. 그들은 근대화 중에 발명되었고 억압받았다. 그들은 처음부터 자기혐오에 갇혀버렸기에 구조적 폭력을 자신의 무능과 무력함으로 제한하는 데 익숙하다. 프레임의 문제가 과도한 감수성의 문제로 제한되는 순간, 혁명을 일으킬 만큼 팽창한 분노는 자기혐오로 바뀐다.

이때 자살은 유일한 해결방식으로 도래한다. 자살은 너무 많이 느끼는 이들이 선택하는 사라짐의 스타일이다. 그렇기에 우리는 혁명과 자살의 이분법을 재고해야 한다. 근대화는 감각, 몸, 약하고 믿을 수 없는 것에 대한 식민화였다. 그런 움직임을 거스르는 몸의 교란과 작란은 개인적이었기에 무의미해 보였고, 따라서 늘 근대의 무의식이자 타자성으로서 보존되었다. 거의 기록되지도 의미화되지도 못한 채로.

감각적 몸은 이성적 주체의 타자다. 타자는 이미 항상 대상화되지만 그럼에도 타자의 타자성은 언제든 불현듯 돌아온다. 인간은 아는 주체인 동시에 모르는 타자다. 우리는 자신을 잘 안다고 생각하는 만큼이나 잘 모른다. 무지는 근대적 재현 체제가 몰아내려는 것이지만, 늘 근대성의 체제를 찢을 수 있는 힘을 갖고 있다. 무지로서의 타자성은 예측가능성과 인과성으로 무장한 근대에는 알려지지 않은 것이기에 언제나 비상사태이자 사건으로 엄습한다.

그래서 근대는 계속 찢어진다. 이유를 알지 못한 채 겪어야 하는, 미지의 것의 급습은 사전에 예방할 수 없기에 외상이자 '충격과 공포'로 경험될 뿐이다. 그때 우리는 재빨리 이성을 통해 사건을 해결하고 다시 합리성의 세계로 들어가 앉아 있으려 한다.

우리에게는 보험과 미래와 대안이 있다. 우리에게는 합리성이, 반성이, 가능성이 있다. 우리는 사건을 봉합한 뒤 일상이 돌아온 척한다. 산 사람은 살아야 한다고, 지나간 것은 잊고 다시 살아야 한다고 말한다. 우리는 껍데기뿐인 문장, 외워서 복기할 뿐인 문장으로 삶을, 고통과 슬픔을 덮는다. 화해하지 못한 타자성들이, 무지와 슬픔으로 버무려진 '지나간' 것(으로 가정된 것)들이 우리의 망막 저편에 산더미만큼 쌓여 있다.

　물론 여성, 아이, 동성애자 등등을 새로운 인간으로, 근대적 주체를 벗어난 인간으로 단정 짓는 것은 단순하고도 위험한 맹목일 것이다. 그들도 근대 안에서 살아가기에 주체화−대상화의 논리에 포섭되었을 것이기 때문이다. 남성 다음으로 여성이, 백인 다음으로 유색인이, 이성애자 다음으로 동성애자가 주체가 되는 수순이 전지구적 근대화의 행보임은 물론이다. 이 글은 남성과 여성이, 백인과 유색인이, 이성애자와 동성애자가 평등하다고 말하는 근대주의를 조심스럽게 피해 가고자 한다. 근대주의는 결국 여성, 동성애자, 유색인 사이에서 차별을 반복하고 주체−대상의 이분법을 강화하는 한계를 갖고 있기 때문이다.

　여성을 여성성이나 모성애와 같은 개념을 동원해 본질화함으로써 신뢰할 수 있는 존재로 규정하려는 여성주의는 남성성으로서의 근대성을 여성의 자리에서 한 번 더 반복할 뿐이다. 이것은 결국 이름 붙일 수 없는 여성, 무한한 차이와 다양성으로서의 여성을 억압하고 길들이려는 근대화의 일환이다.* 그렇기에 모든 여성주의와 퀴어 이론, 포스트식민주의가 그 자체로 근대를 비판하는 포스트모던한 조건을 반영하고 있다고 말할 수는 없다. 우리는 중심의 권력이 주변부적 삶에서 반복되고 강화되는 것을 늘 목격한다. 그것은 결국 근대화가 끝나지 않을 것이라는, 자신을 하나의 알려질 수 있는 대상(기호)으로 만들고 싶어 하는 인간의 뿌리 깊은 '근대적' 욕망을 증명한다. 우리는 나타나려고 하지, 사라지려고 하지 않는다. 우리는 인정받으려고 하지, 거부당하려고 하지 않는 것이다.

포스트모던한 조건이란 타자의 타자성이 주체의 자기동일성을 자주 위협한다는 것을 뜻한다. 아이들이 아이답지 않게, 여성들이 여성답지 않게, 동성애자들이 동성애자답지 않게 말하고 느끼고 광장을 점거하는 것을 가리킨다. 불쌍하고 불행한, 수동적 대상이어야 할, '우리'가 돕고 구해 내고 가르쳐야 할 약자들이 대상의 자리를 박차고 나와 차이를, 다양성을 이야기하게 된 것이 지금-여기다. 매체가 더 다양해지고 온갖 이질적인 목소리들이 말할 권리와 수단을 가지면서, 우리는 도대체 어디서 들려오는지 모르는 소음과 불협화음에 노출된다. 앎이 주는 안전함과 안정감은 삶이 주는 다양함과 차이에 대적할 힘이 없다. 그들이 우리가 모르는 언어로 이야기할 때 우리는 굴욕감을 느낀다.

우리는 그 순간 이미 장착되어 있는 지식으로 그들을 눌러버

리거나 모르는 타자들을 수신할 새로운 언어를 배우는 것 중에
하나를 선택해야 한다. 포스트모던한 조건은 근대적 지식으로는
얻을 수 없는 새로운 배움에 우리가 노출되어 있음을 뜻한다. 우
리는 계속 배워야 한다. 우리의 선함이 왜 잔인함인지를, 너그러
움이 왜 폭력인지를, 지식이 왜 무지인지를 배워야 한다. 판단하고
규정하고 분류하는 대신에, 적과 아군을 구분하려고 하는 대신에
우리는 계속 느끼고 배우고 견뎌야 한다. 설사 나이가 많아서 이
제는 틀렸다고 생각한다고 해도, 설사 죽음이 가까이 와 있다고
생각해도, "우리에게는 어른이 되지 않고 늙어 가는 재능이 필요
하다".[1)]

　　도덕과 윤리를 구분한 들뢰즈를 따른다면 우리는 도덕적 판
단 대신에 왜 '그것'이 그렇게 생겼는가를 그저 느껴야 한다.

　　도덕은 판단 체계다. 당신은 이중적 판단에 입각해서 당신을
　　판단하고 또 판단을 받는다. 도덕에 대한 취향을 가진 이들
　　은 판단에 대한 취향 또한 가졌다. 판단하기는 항상 존재보
　　다 우월한 권위를 함축한다. 그것은 언제나 존재론보다 우월

＊　　여성을 정의가능한 것으로 만들려는 여성주의 시도는 결국 남성적 프레임인바
　　근대에 포섭되면서 공모한다. "어떤 사람이 스스로를 '여성'이라고 생각하는 일은
　　그를 '남성'이라고 생각하는 만큼이나 불합리하고 몽매하다"(크리스테바)는 주장은
　　본질주의적 여성주의를 거부한다는 점에서 주목할 필요가 있다.

한 어떤 것을 함축한다. 그것은 항상 존재보다 하나 더 많은 것, 즉 존재를 만들고 행위를 만드는 선을 함축한다. 그것은 존재보다 우월한 선이고 일자the One이다. 가치는 존재보다 우월한 이런 권위를 표현한다. 따라서 가치들은 판단체계의 근본 요소다. 따라서 당신은 언제나 판단하기 위해 존재보다 우월한 이 권위를 참조한다.

윤리에서 이것은 완전히 다른데, 당신은 판단하지 않는다. 당신은 이렇게 말할지도 모른다. 무엇을 하건 당신은 오직 당신이 받을 만한 것만을 갖게 될 것이다. 누군가가 뭔가를 말하거나 행할 때 당신은 그것을 가치와 연결하지 않는다. 당신은 어떻게 그것이 가능한가를 자문한다. 어떻게 그것이 내적인 방식으로 가능한가? 즉 당신은 사물이나 진술을 그것이 함축하는, 그것이 자신 안에 싸안고 있는 존재의 양태와 연관을 짓는다. 그렇게 말하기 위해 그것은 어떻게 있어야 하는가? 이것은 어떤 존재의 양태를 함축하는가? 당신은 존재의 감춰진 양태를 구하지, 초월적인 가치들을 구하지 않는다. 그것이 내재성의 작동방식이다.[2]

말하자면 도덕은 당신이 이미 알고 있는 판단 체계 안으로 당신의 말과 행위를 포섭한다. 그렇기에 우리는 판단의 주체이자 대상이다. 도덕은 존재하고 느끼는 대신에 초월적인 권위와 시선으로 말과 행위를 수직적 서열 속에 위치시키는 데 몰입한다. 그것은 선과 악에 대한 판단으로 존재를 재단한다. 반면 판단하지 않으면서 말하고 행위하는 윤리의 맥락에서 인간은 안에 머무를 뿐, 바깥에 의지하지 않는다.

주체화를 위한 거리가 확보되지 않기에, 즉 대상화가 불가능하기에 그는 그 존재와 함께 머무른다. 그럼으로써 말과 행위로서의 존재, 즉 일어남으로서의 존재가 어떻게 일어날 수 있는지를, 그 일어남이 무엇을 함축하는지를 오직 그 자체로 이해하려고 한다. 판단이 불가능할 때 남는 선택지는 지금 일어난 것의 일회성을 있는 그대로 느끼는 것뿐이다. 우리는 우리 밖에 있는 프레임을 마치 모르는 것처럼 제외한 채 생각해 봐야 한다. "왜 저 사람은 저런 이상하고 끔찍한 행동을 했을까?"라고. 우리는 우리 자신의 프레임에서는 불가능한 일을 일으킨 저 사람은 누구인가를 계속 생각하고 느껴야 한다.

정의로 무장한 법이나 가치로 무장한 도덕 없이 오직 일어남이라는 일회성 안에 머무르려는 이러한 윤리는 그 자체로 미적이다. 미적 판단은 이것은 무엇에 좋은가, 이것은 무슨 의미를 갖는가를 배제할 때에만 일어난다. 그것은 대상화하지 않는 것이고, 말과 행위에 아무런 목적성이나 의도 없이 계속 머무르는 것이며, 사건의 일회성을 있는 그대로 감각하는 것이다.

관념은 삶을 내가 이미 알고 있는 것으로 덮어씌우려 한다.

우리는 그렇기에 늘 두 번째에, 중고의 경험에 고정된다. 우리 근대 인은 첫날, 처음에 접근하지 못한다. 우리는 이미 아는 것을 한 번 더 본다. 그래서 우리는 존재 그 자체를 없애버리고 만다. 우리는 아이처럼, 예술가처럼 삶의 예기치 않은 순간을 기다려야 한다. 만 남이나 경험을 최초로 되돌리려는, 즉 만남을 인식에 종속시키기 보다 최초의 사건으로 구성하려는 열정은 우리를 아이로, 예술가 로 생성할 것이다.

우리는 우리가 이미 알고 있다고 가정된 것을 진정으로 사랑 하기 위해, 말과 행동을 대상화하는 대신에 기다리기 위해, 그곳 에 머물러야 한다. 우리는 여성에 대해, 아이에 대해, 동성애자에 대해, 아니 자기 자신에 대해 알고 있다고 너무 쉽게 확신한다. 그 렇기 때문에 여성이라고 불리는, 아이라고 불리는 그 존재들을 더 이상 알 수 없게 된다. 앎은 모름을 뺀 나머지, 아주 작은 나머지 에 불과하다. 이름은 존재를, 삶을, 사물을 덮을 수 없다. 그렇기에 우리의 포스트모던한 조건인 차이와 다양성을 향한 노출은 우리 를 예술가로, 아이로 다시 규정할 것이다.

기다리고 기대하고 전율하고 음미하고 감탄하려면 우리는 스 스로를 다시 구성해야 한다. 우리는 알고 소유하고 만족하려는 습 관 대신에 아무것도 알지 못한 채 기다리는 법을 배워야 한다. 판 단을 유보하는 법, 무지를 사랑하는 법, 감각을 활용하는 법, 머리 보다 몸으로 반응하는 법을 배워야 한다. 판단과 지식과 지성은 존재를 죽이는 데 익숙하기 때문이다. 마치 한 번도 만나지 못한 것처럼, 마치 처음 일어난 사건처럼, 마치 첫날인 것처럼 반응하지 않는다면 당신은 관념의, 언어의, 대상화의, 심지어 주체화의 볼모가 될 것이다.

이것은 안간힘이고 희망이고 아직 죽지 않기 위해 다시 살려는 욕구다. 그렇지 않으면 이 세상은 이미 알고 있는, 그러므로 당신이 굳이 살아 낼 필요가 없는, 그저 견디기만 하면 되는, 죽을 때까지 나갈 수 없는 감옥이거나 실험실 혹은 동물원이 될 것이다. 감옥 속에서 사는 당신은 이미 아무것도 아닌 것, 하찮은 것, 무의미한 것, 없어도 되는 것, 무차별적인 것에 불과하다. 당신은 그저 읽고 읽어서 닳아버린 뻔한 소설 속 글자에 불과하다. 당신은 이미 죽었고 그렇기에 당신에게 죽음이란 사건은 일어나지 않을 것이다. 당신의 죽음은 당신의 이름의 죽음, 그것뿐이다. 그렇다면 당신은 그것으로 족할 만큼 지루하고 진부한 인간에 불과할 것이다.

*

근대는 끝나지 않을 것이고, 그러므로 계속 실패하고 있을 것이다. 근대는 진보와 해방을 갖고 오겠다는 약속이었지만 그 약속은 아직도 실현되지 못했다. 그 약속을 지키려면 타자의 대상화, 심지어 대상화로서의 주체화마저도 묵인하고 종용해야 한다. 근대화는 서구적 가치관의 전지구적 보편화로서 지역적·문화적 차이와 다양성을 야만과 무지로 해석하고 제거했다. 제국주의적 지배와 침략의 역사는 제3세계의 민족주의와 국가주의에 끝나지 않는 전쟁의 악순환을 불러왔으며, 우리는 삶의 무의미와 인간주의적 의미들 사이에서 계속 분열되고 고통받았다.

무의미한 폭력과 지배의 반복으로서의 근대사는 이성적 인간의 능동적 실천에 근거한 '역사', 진보적 역사란 한낱 관념일 뿐이라는 것을 스스로 증명해 보였다. 우리는 이토록 삶이 무의미하다는 것에, 이토록 지배욕과 권력욕이 무한하다는 데에, 이토록 인간 이성이 잔인하다는 데에 놀란다. 이성의 지배는 끝을 모른다. 우리의 욕망을 착취하는 소비욕도 쉴 줄 모른다. 그래서 우리는 아프고 슬프고 외롭다.

이 책이 지금-여기를 비상시로 재구성하길 촉구하는 것은, 그만큼 근대가 인간의 욕망을 만족시키는 데 탁월한 기제를 갖추고 있기 때문이다. 우리는 근대 안에서 태어났기에, 근대를 거의 매순간 반복하도록 되어 있기에, 근대가 곧 나이기에 항상 근대적 인간이다. 우리는 의미를, 희망을, 미래를, 승리를, 진보를, 가치를 추구하도록 되어버렸다. 우리는 무의미한 순간이 얼마나 멋진지를, 비관이 얼마나 정직한 태도인지를, 현재가 얼마나 절정의 순간인지를 모른다. 우리는 계속 판단하고 거리를 조율하도록, 행동하지 않도록, 느끼지 않도록 조립된 것이다.

당신이 허무주의나 비관, 부정과 같은 단어에 익숙하지 않다면 그만큼 당신은 삶을 두려워하도록 길러진 것이다. 당신은 결국 이 삶, 이 순간, 이 흐름, 이 에너지를 맛보지 못한 채 사라질 것이다. 그렇지 않다면 무엇이 당신의 살아 있음을 보증할 것인가? 당신은 과연 지금 살아 있기나 한 것인가? 그렇다면 당신이 죽었다는 전언은 이상한 말 아니겠는가? 산 적이 없는 당신이, 삶을 두려워했던 당신이 죽었다는 전언은 아무것도 전달하지 않는다. 당신의 죽음이란 누구나 들락날락할 수 있는 2인칭 대명사 '당신'이라는 언어의 죽음 외에 무엇이겠는가? 그러므로 그 부고를 전해 들은 누군가가 웃음을 터트린들 그게 뭐 이상할 것이겠는가?

죽음을 앞에 두고 터진 울음이 그저 반작용이라면, 그것이 문화적 관성이나 관습에 불과하다면, 왜 우리는 죽음을 앞에 놓고 춤추지 않는가를 묻지 않을까? 죽음이 존재로의 돌아감이라고 할 때, 울음은 그 사실을 모르는 이들이 퍼뜨리는 바이러스이자 악습이 아닐까? 그렇다면 우리는 어느 시인의 진술처럼, 내가 죽을 때 함께 웃어 줄 수 있는 친구 하나, 이번 생이 농담이었음에 맞장구를 쳐 줄 친구 하나 만난 것에 만족할 수 있지 않을까?

근대의 인간주의를 비판하고 거부한 예술가들의 전략은 '횡단하다traverse'라는 동사로 요약할 수 있을 것 같다. 가로지른다, 횡단한다는 것은 근대를 벗어나는 것이 불가능함을 반증한다. 좋았던 과거나 좋을 것이라 기대하는 미래로의 도약이 근대의 정치적 보수주의와 진보주의의 대안이었다면, 예술가들은 그런 퇴로나 출구, 대안을 믿지 않았다. 그들은 늘 비관적이다. 그들은 과거나 미래라는 시간이 현재를 대상화하고 단순화한다고 생각한다. 과거, 현재, 미래라는 순차적인 시간성 안에서 현재는 늘 비교를 통해, 판단을 통해 개념화되기 때문이다. 현재는 연속적인 서사에 의해 의미화되지 않을 때, 단순히 순간으로 경험될 것이다.

예술가들은 그런 근대적 시간성, 전과 후, 어제와 오늘과 내일, 숫자로 번역될 수 있는 시간을 텅 빈 시간이라고 보았다. 그렇기에 텅 빈 시간은 근대인이 들어가서 살 수 있는 황량하고 소외된, 기계적인 공장의 시간이다. 근대는 비인간적이다. 말하자면 근대는 시간을 직선으로, 순차적으로, 양적 차이로 균질화한다. 그럼으로써 시간을 자를 수 있고 나눌 수 있는 것으로 만들었다. 그러나 시간은 흐르기에, 액체이고 에너지이며 생성이기에 그것은 붙잡을 수 없고 길들일 수 없다. 그렇기에 시간은 삶, 존재와 맞닿는다.

보수주의나 진보주의는 모두 현재를 부정한다는 점에서, 현재를 미완성으로 본다는 점에서 동일하다. 그렇기에 예술가들은 현재를 문제로 만드는 바깥의 시선, 즉 근대적 주체의 시선을 허용하지 않는다. 현재는 우리가 놀라고 기다리고 기대하며 전율하는 시간으로서 재구성되어야 할 뿐이다. 우리에게 주어진 것은 지금 이곳의 삶뿐이다.

당신은 배워야 한다. 관념을 사용하지 '않기를', 거리를 취하지 '않기를', 판단하지 '않기를', 지식에 호소하지 '않기를', 주체가 되지

'않기를'! 오직 당신의 몸, 감각, 느낌을 사용해서 뛰어들기를, 즐기기를, 행동하기를! 행복이나 불행은 그저 상황을 재현하는 집단적이고 사회적인 관념임을, 안전과 안정은 감각을 억압하는 지성의 교란임을, 단 한 번뿐인 삶을 내 삶으로 만들어야 함을, 그러므로 불행이 곧 행복임을, 행복이 곧 불행임을 동시에 느껴야 함을 우리는 긍정해야 한다.

우리는 고흐가 생전에 그림 한 점 팔지 못했다고 말하곤 한다. 그러나 그 말은 고흐의 일생을 돈으로, 사회적 인정으로 환원할 수 있다고 생각한다는 점에서 건방지고 오만하다. 그는 일생 팔리지 않는 그림을 그렸다. 그러나 그는 바로 그런 점에서 횡단을 포기하지 않았다. 고흐는 그 자신의 삶을 살았고, 자신의 삶을 있는 그대로 긍정했다. 우리에게는 그의 삶을 연민과 동정으로 재단할 권리가 없다. 우리는 그를 모른다. 그렇기 때문에 고흐의 그림은 우리를 자극하고 유혹한다. 우리는 그의 그림을 볼 때마다 놀란다. 우리는 이 삶에, 이 순간에, 이 경이에 익숙해지지 못한다. 아이는, 그리고 예술가는 어제와 오늘과 내일을 새로운 시간으로, 익숙해지지 않는 놀이로 똑같이 겪을 뿐이기 때문이다.

니체의 허무주의와 운명애amor fati

근대를 비판하는 데 있어서 프리드리히 니체를 따라올 사람은 없을 듯하다. 니체는 근대의 이성 중심주의를 넘어서, 대안적 가치이자 패러다임인 민주주의와 사회주의, 국가주의/민족주의 등에 대해서도 일찍 반기를 들었다. 니체는 삶을 의미로 (재)구성하길 거부하면서 삶의 무의미와 허무를 있는 그대로 긍정할 것을 주창한 근대 안의 타자였다. 니체에게 도덕은 약자들의 발명품이고, 객관적 진리는 고독에 대한 공포심의 산물이며, 신은 삶을 견딜 수 없는 이들이 주조한 허위의 관념에 불과한 것이었다. 니체가 보기에 무의미한 삶, 시작도 끝도 없이, 동기도 목적도 없이 그저 무한히 같은 것이 반복해서 돌아오는 그런 무의미한 삶을 긍정하는 것, 그것이 근대적 허무주의에 맞설 수 있는 유일한 방법이었다.

니체는 허무주의란 용어를 통해 일체의 의미 체계를 비판했다. 동시에 능동적 허무주의란 용어를 통해서 부정적 허무주의와 맞섰다. 말하자면 니체는 허무주의를 비판하되 그것을 넘어설 대안을 제시하는 게 아니라, 허무주의를 더 적극적으로 철저히 밀어붙이면서 허무주의의 실체, 허무주의의 핵을 만나려고 했다. 그것이 그의 긍정법이고 굳이 말하자면 능동적 허무주의다. 반면 대안을 찾는 이들은 당면한 문제에서 벗어나려는 자, 문제를 해결할수 있다고 판단하는 자들이다.

니체와 니체 이후의 허무주의자들(혹은 내가 이 책 전체에서 암묵적으로 따르고 있는 후기구조주의자들)은 문제를 더 철저히 사유하는 데, 다시 말해서 환멸을 더 가시화하는 데 집중한다. 허무주의자들은 이 세상엔 가능성도 희망도 없다는 이성의 판단을 온 몸으로 반복하고 확인하려 한다. 거기서 나오는 것은 인간의 이성이 통치할 수 없는 몸의, 감각적 삶의 집요함뿐이다.

그러나 여기서 일반화나 보편화의 도구인 이성으로는 포착할 수 없는 인간-몸이 예기치 않게 실현된다. 이성은 결과를 갖고 시작하기에 단 한번도 삶을 살지 않는다. 하지만 몸은 이미 항상 삶을 살아 내고 또 겪고 있다. 최초의 시작으로서의 삶, 도박이나 다름없는 이 삶은 대가 없이 뛰어드는 무모함을 통해서만 출현한다. 그러므로 이것은 긍정이다. 허무주의자를 비관적 인간이라고들 하지만, 니체의 허무주의는 절대적 긍정이다.

니체는 우선 허무주의를 플라톤 이래의 형이상학, 그리고 그것을 대체했지만 결국 형이상학과 동일한 구조를 갖는 기독교를 가리키는 개념으로 사용했다. 플라톤이 말하는 이데아나 기독교의 피안은 모두 삶의 의미를 너머에서, 초월적인 것에서 찾는다. 플라톤과 기독교 모두 영원하고 변하지 않는 것, 죽음이 없는 영생을 희구한다는 점에서 변화, 생성, 우연에 적대적이다. 니체는 무의미한 삶을 너머의 영원한 가치에 종속된 것으로 추락시키고 지금-여기보다 너머에 헌신할 것을 요구하는 철학과 종교가 모두 일종의 허무주의라고 일갈한다. 존재하지 않는 것을 위해 존재하는 것을 억압하고 부정한다는 점에서, 즉 없는 것을 숭배한다는 점에서 허무주의인 것이다.

또한 기독교를 이어받아 등장한 민주주의와 사회주의 같은 근대적 이데올로기는 미래라는 아직 오지 않은 시간에, 그러므로 관념에 근거해 현재를 규정하고 재단한다는 점에서 역시 허무주의다. 니체가 보았을 때 인간의 차이를 인정하는 대신 평등을 주창하는 민주주의는 차이를 부정하고 약화시키는 데 골몰한다. 형이상학이건 기독교이건 근대적 이념이건 모두 지금-여기를 어떤 목적과 의미에 묶어 사유하려 한다는 점에서, 즉 현재를 관념화한다는 점에서 동일한 논리를 사용한다.

삶은 무의미하다. 왜 사는가를 묻지만 어떤 대답도 주지 않는다는 점에서 이 세상은 허무하다. 그럼에도 계속 살기를 욕망하는 인간들에게 주어지는 진리, 도덕, 믿음은 오직 인간을 약화시키고 삶을 부정하게 함으로써 자신의 권력을 공고히 한다. 그러므로 삶을 긍정하는 자는 무엇보다 도덕을 파괴해야 하고 신을 살해해야 한다. 니체는 광인의 입을 빌려 "우리가 신을 죽였다"고, 그러므로 "우리 자신이 신이 되어야 한다"고 주장한다. 근대주의자들, 혹은 근대의 합리주의자들은 신의 존재 여부를 놓고 논쟁을 벌였다. 하지만 니체는 그 신을 죽임으로써 어떤 절대적, 보편적, 객관적 근거에도 의지하지 않은 채 삶을 받아들일 수 있는 인간의 힘을 긍정하려고 했다.

니체가 능동적 허무주의로 제시한 '영원회귀eternal return of the same'는 이해하기 쉽지 않은 개념이다. 최대한 단순화해 보자. 똑같은 것이 무한히 돌아온다면 진보나 발전으로서의 역사, 양적 축적의 질적 비약으로서의 미래는 있을 수 없다. 과거, 현재, 미래 사이의 직선적인, 목적론적인 서사도 없다. 오직 같은 것들이 계속 수평으로, 원형으로 돌아올 뿐이다. 그렇다면 삶은 무의미한 반복이다.

이 사실이 결국 근대인들을 두려움에 빠뜨렸고 그들로 하여금 의미를 창조하고 추구하게 만들었다. 우리 근대인은 무의미한 삶의 반복이라는 진실 앞에서 경악하는 데 익숙하다. 약자인 근대인은 그 진실을 감당하기 어려워한다. 그러므로 도처에 있는 도덕이나 종교 혹은 과학으로, 지성과 판단의 확실성으로 도망치는 것이다. 반면에 니체는 이 무의미를 있는 그대로 긍정하는 것, 즉 뒷걸음질 치는 대신에 허무주의를 더 철저히 밀고 나가는 것에 대해 이야기한다.

능동적 허무주의자는 기존의 가치를 따르지 않는다. 그는 의미, 본질, 실체와 같은 허구적 관념을 거부하는 대신에 자신의 '힘에의 의지will to power'에 근거해 이 삶이라는 폐허 위에 선다. 허무주의자는 선, 악, 행복과 같은 사회적 관념을 전복하고 자신의 관점에서 이들을 새롭게 (재)규정한다. 가치의 탈가치화, 가치의 전환이 일어나는 것이다.

선이란 무엇인가? 힘의 느낌, 힘에의 의지, 힘 자체를 인간 안에서 강화시키는 모든 것.

악이란 무엇인가? 허약에서 비롯되는 모든 것.

행복이란 무엇인가? 힘이 증가한다는 느낌, 저항이 극복되었
다는 느낌.

만족이 아니고 더 강한 힘을, 평온이 아니고 싸움을, 덕이 아
니고 유능(르네상스 식의 덕, 가혹한 도덕에서 벗어난 덕)을
추구할 것.

약질과 병골은 멸망해야 한다. 그것이 우리들 인류애의 제일
원리다. 그리고 우리는 약질들이 멸망하도록 거들어야 한다.

어떠한 악덕보다 더 해로운 것은 무엇인가. 병골과 약질들에
대한 적극적인 동정, 즉 기독교다.[3]

삶을 긍정하는 자는 힘을 강화시키는 데서 삶의 의미를 찾는
자다. 그는 사회적 인정이나 명예에 매몰되지 않는다. 그는 계속
무의미한 짓을 하는 것에서, 포기하지 않고 욕망하는 것에서, 후
회하거나 반성하지 않는 것에서 행복을 느낀다. 힘의 증가는 끝이
없는 움직임이기에 만족이나 평화는 없을 것이다. 그는 계속한다
는 것에, 지칠 줄 모르고 계속 움직인다는 것에 가치를 둔다. 위의
문장에 나오는 약질과 병골은 삶의 의미를 바깥에서, 양심의 가책
과 도덕에서 찾으려는 근대인들에 대한 은유다.

그러나 니체의 근대인에 대한 은유는 파시즘의 유대인 절멸
정책과 연동하면서 파시스트 니체를 주조하는 데 동원되었다. 이

런 역사적 비극에서 니체를 빼내는 손쉬운 방법도 분명 있을 것이다. 하지만 근대의 약속이 파국을 내포하고 있다는 점과 연관을 지어 본다면, 니체의 역사적 오용은 피할 수 없는 근대의 운명인 듯도 하다. 근대는 역설과 양가성에 열린 혼종적 공간이다. 진보가 몰락과, 이성이 광기와, 주체가 타자와 뒤섞인 곳이 근대다. 근대는 어떤 가치도, 혹은 대안도 그 자체로 순수한 이념일 수 없는 역사적 상황이기에 생생하다. 그렇기 때문에 니체는 파시즘으로도 포스트모던 전략으로도 사용될 수 있다. 우리는 적과 아군이 겹쳐진 상황에서 삶을 발명해야 한다는 불가능한 임무를 맡았다.

영원회귀는 직선적 시간을 전제로 하는 근대를 원형적 시간 개념으로 반격한다. 똑같은 것이 영원히 반복된다는 말은 삶이란 견딜 수 없이 무의미하다고 단언하는 것이나 다름없다. 그렇다면 인간은 동물과 별 차이가 없는 생명체인 것이다. 그러므로 동물보다 우월한 존재라는 인간의 자만심을 지탱하는 기억과 관념은 아무런 쓸모가 없다. 우리는 기억에 의지해서, 내면화된 관념에 의지해서 삶을 산다. 그러나 니체적 인간에게 기억과 관념은 버려야 할 짐에 불과하다.

니체가 제시한 '초인Übermensch', 혹은 '넘어가는 인간'이 의지하는 것은 (허)무다. 그렇기에 니체는 "인간은 동물과 초인 사이에 매인 일체의 밧줄이다. 하나의 심연 위에 매여 있는 밧줄이다"라고 말한다. 동물이면서 근대인인 우리는 근대적 프레임에 저항하면서 허무 위에 매여 있는 밧줄을 넘어가고 있는 중이다. 인간은 떨어져 죽을 수도 있는 위험한 상황에서 목전의 위험과 지금-여기를 감각하면서 온 힘을 다해 투쟁한다. 우리는 팽팽한 밧줄이 무한히 놓여 있을 뿐인 삶이라는 위기 앞에서 한가하게 "왜", "무엇 때문에" 같은 질문을 제기할 수 없다. 지금-여기에서 필요한 것은 순간에 대한 집중이고 그러면서 늘어나는 것은 힘이다.

니체가 말하는 힘은 자기보존이나 종족유지를 위한 것이 아니다. 자기 자신을 확장하려는 생명체 본연의 힘이며, 그 힘은 이성이나 의식과 아무런 관계가 없다. 그러므로 힘에의 의지를 통해 변화와 생성으로 돌진하는, 직전에 대한 기억이나 직후와의 연관성을 상실한 채 오직 지금에 몰두하는 니체적 인간은 아이나 예술가와 공명한다.

우리는 우리가 원하지 않았던 가치와 의미로 가득 찬 세계에서 한낱 도구로 살아간다. 그렇기에 우리의 소외는 필연적이다. 우리는 태어나기도 전에 우리를 학대하고 착취하는 이 세계를 위해 동원될 것이 예정되었다. 이때 니체는 우리가 근대를 횡단하는 방법을 제시했다. 지루한 반복과 새로운 경험이라는 이분법은 근대가 사용하는 전략이다. 노동과 일상은 지루하고 반복적이며 여가와 여행은 새로움을 통한 충전이라는 이분법은 결국 "소비하라"는 자본주의의 명령으로 환원된다.

그 이분법을 내부에서 폭파시키기 위해서는, 즉 일상을 미적으로 창조하기 위해서는, 지금―여기를 창조의 순간으로 재배치하기 위해서는, 노동자와 예술가의 이분법을 허물기 위해서는 생성으로서의 영원회귀에 대한 긍정이 필수적이다. 정규직과 비정규직이라는 이분법은 초기 근대에서는 예측하지 못했던 노동자의 분할을 초래했다. 오늘날 우리는 비정규직이 되지 않기 위해 전 시간을 바쳐 노력한다. 이제 과도기적 시간으로서의, 텅 빈 시간이자 놀고 사랑하는 시간인 대학 생활도 노동 시간의 확장으로 재편되었다. 대학은 지루하고 무의미한 노동 현장이고, 학생들의 시간은 미래의 안정적인 직장에 바쳐진다. 소외는 더 촘촘하고 완벽해졌으며, 두려움과 공포는 청춘이란 이미지마저 소진시켰다.

근대를 횡단하려는 니체의 전략에서 현재의 문제와 연관해 참조할 점은 무엇일까. 그건 바로 정규직과 비정규직의 이분법 안에서 정규직을 좇는 것과는 다른, 더 우울하고 비관적인 삶의 방식에 자신을 내던지는 것 아닐까? 더 놀고 소비할 시간을 더 안전한 조건 하에서 쟁취하려는 포스트산업적 욕망을 따르기보다는, 놀이와 일상, 일과 여가의 이분법에서 벗어나 지금 여기를 긍정하는 것이 더 긴급하지 않을까? 지금 살아 있는 나, 다른 누구로도 대체할 수 없는 존재인 나, 누군가의 상처와 고통과도 교집합이 있을 수 없는 나, 이렇게 유일무이한 내가 밧줄을 타고 허무의 심연을 건너는 법을 창조하는 것이 내가 나일 수 있는 유일한 방법이 아닐까? 그럼으로써 허무한 이 세상을 건너는 법에 대한 나만의 스타일을 증명하는 것 아닐까?

"연민과 공포를 없애기 위해서가 아니라, 그리고 감정의 격심한 방출을 통해 그 위험한 감정을 정화해 내기 위해서가 아니라 연민과 공포를 넘어서서 자기 자신 안에서 생성의 영원한 기쁨을 실현하기 위해서, 파멸에 대한 기쁨까지도 포함하는 그 기쁨을 실현하기 위해서"[4] 같은 행위를 반복하는 것. 놀이이자 축제, 경이이자 창조로서의 행위를 반복하는 것. 지금 이 순간에 전 생을, 감각을, 힘을 던지는 것. 기억이 초래하는 두려움이나 상처 없이, 망각 속에서 지금 이 순간을 긍정하는 것.

니체는 그런 긍정법을 '운명애amor fati'라고 불렀다. 동물에서 초인으로 넘어가고 있는, 현재진행형인, 혹은 동(명)사적인 니체적 인간은 반복, 그것도 무의미한 반복을 긍정한다. 우리는 자신의 불행은 물론 운명 그 자체와도 화해하지 못한다. 대신에 우리는 불행한 운명과 그에 따른 열등감을 성공과 진보에 필요한 재원으로 사용한다. 어두운 과거에서 밝은 미래로의 이행 사이에 조금만 참고 견디면 되는 우울한 현재가 있다.

그러나 니체는 운명에 대한 이런 방식의 이해를 거부한다. 우리가 근대인에서 벗어나고자 한다면, 오직 자신의 힘의 강화에만 몰입한다면, 우리에게 필요한 것은 더 많은 고통과 싸움, 위기인 것이다. 그는 "그게 삶이었던가? 좋다. 다시 한 번!"이라고 외치는 데 그 잔인한 운명을 사용할 뿐이다. 목숨이 오락가락하는 밧줄을 타고 싶은 사람은 많지 않을 것이다. 그런 사람은 이미 정당한 삶을 살지 못하는 자일 것이기 때문이다. 대신 그는 공허한 삶을 횡단할 기회이자 조건으로 불행을 활용할 것이다. 그는 자신의 첫 번째 경험을 통해 이 세계가 비어 있다는 것을, 오직 다수로서의 근대인을 무력화함으로써 권력을 유지하는 무의미한 세계임을 알 것이다. 그는 두 번째 경험을 통해 이 세계를 어긋나게 하기로, 이 세계가 원하는 방식으로 살아가지 않기로, 그 대신에 자신의 힘을 강화하는 데 전 시간을 동원하기로 결심한다. 그는 운명을 사랑하고 그 안에 머무르는 자다. 그는 자신의 운명을 자신을 위해 이용하기로, 불행을 힘을 강화하는 조건으로 이용하기로 결단을 내린다.

*

나는 자신이 아르바이트생으로 일하던 식당에서 '이사'를 역임했던 사람을 알고 있다. 그의 신세는 일개 비정규직 노동자였지만 행세는 식당의 주인에 다름없었다. 그는 더 많이 일했고, 더 우아하게 움직였고, 더 아름답게 바라보았고, 더 미소 지으며 주문을 받고 접시를 나르고 청소를 했다. 그는 자신이 일하는 시간을 생성의 시간으로, 창조의 시간으로 변형시켰다.

그러자 식당의 진짜 주인은 아르바이트 학생에게 이사 명함을 건네는 것으로 응답했다. 그는 학생의 이상한 행동을 이사의 행동으로 번역했다. 은유를 글자 그대로의 실재로 재배치한 것이다. 그렇다고 월급을 더 올려 주지는 않았다. 단지 식당 주인은 그 학생에게 자신보다 더 높은 지위를 줌으로써 현실을 횡단하는 상징적 놀이의 규칙에 참여했다. 비정규직 노동자와 사장은 상징적 재배치를 통해 이사와 사장으로 역할을 바꿨다. 직급 놀이를 할 만큼 두 사람은 한가했고 유쾌했다. 두 사람은 서로를 알아보았다.

"행위 뒤에 행위자가 없다"는 니체의 주장을 따른다면 이사는 그저 '이사처럼' 행동하는 사람이다. 행위에서 행위자를 보는 사람은 지금 나타나는 움직임, 말투, 제스처를 못 보는 사람이다. 가면 뒤에 실체가 있다고 생각하는 사람은 가면의 놀이를 즐기지 못한다. 그는 행위의 원인을 찾으려는 데 골몰하는, 누가 한 것인지를 확인하려는 판관이다. 즉 몰입의 능력을 상실한 사람이다.

행위를 보는 사람은 지금 일어나는 '그것'을 볼 뿐이다. 그는 분류하고 환원하고 개념화하길 거부하며 그저 지금 이 순간에 몰입한다. 행위자가 누구인지를 머리로 판단하지 않고 행위가 얼마나 아름답고 강렬한지를 감각하는 데에만 열중한다. 이사처럼 행동하는 사람이 출현시킨 '이사'는 물론 진짜 이사가 아니다. 진짜 이사란 게 정말로 있는지는 모르겠지만. 기실 세상에 널린 진짜 이사란 자신이 이사 놀이를 하고 있다는 것을 모르는 지루하고 무지한 사람이다. 비정규직 노동자의 놀이를 '이사 코스프레'로 번역한 사장, 피고용인의 행위를 수신한 사장이 없었다면, 그 노동자가 창조한 시간은 자폐적이었을 것이다. 사장은 두 개의 프레임(현실의 식당과 기호로서의 식당)을 왔다갔다 하는 유능한 사람이었고, 청년은 권태가 잠식한 노동을 유희의 시간으로 만들 줄 아는 예술가였다.

청년은 이후 다른 식당에서는 더 이상 그런 놀이를 할 수 없었다. 시간이 초 단위로 계산되는 그곳에서 그는 어떤 창조와 생성의 틈도 열 수 없었고, 일개 비정규직 노동자에 불과했다. "너 내가 누군지 알아?"란 너무나 한국적인 호통만이 난무한 식당에서는 심지어 잔업에 대한 초과수당도 없었다. 청년은 근로기준법을 위반한 이 식당 주인을 고발했다. 이것은 함께 일했던 다른 비정규직 노동자를 위한 것이었다. 청년은 한 번도 싸워보지 않은 스무 살의 동료 아르바이트생이 생의 활력과 흥분을 느낄 수 있도록 함께 싸웠다. 진짜 사장은 결국 초과근무 수당을 지불했다.

이제 황병승의 시 「미러볼—다자이 칙쇼(1998)」를 읽는 게 하나도 이상하지 않을 것이다.[5] 관념에 잠식당한, 혹은 관념에 질식한 삶에 대한 시인의 철저한 거부, 섹스 외엔 어떤 인간적 삶의 방식도 거부하는, 그러므로 자신을 '동물'로 규정하는 이 냉철하고 불온한 화자가 이젠 좀 덜 불편해질지 모른다.

화자가 자신이 누구인지를 드러내는 방법은 줄곧 '않다'로 제시된다. 화자가 유일하게 좋아하는 것은 섹스, 그것도 사랑 없는 섹스다. 시의 중간 부분을 차지하는 "섹스를 좋아하지만"이란 문장은 혐오로 가득 찬 이 시 한가운데에서 화자가 죽지 않고 계속 살 이유를 제시한다. 화자는 삶의 의미를 일으키는 모든 관계, 조직, 단체를 거부한다. 모여 있는 삶이란 그에게는 우글거리는 것이고, 갖고 있는 삶이란 잔인하거나 약한 것이고, 좋은 관계란 고독에 방해물일 뿐이다. 이때 고독은 사회적 관계에서 상처 입은 이가 선택한 생존법이다. 그런 점에서 고독은 철저히 사회적인 반응이며, 그렇기에 사회 안으로의 은둔이다.

사람들은 상대에게 상처를 주기 싫어서, 혹은 조금 더 시간을 벌고 싶어서, 혹은 아직은 진심을 드러내기 싫어서 '당분간'이라고 말한다. 당분간 만나지 말자, 당분간 어려워, 당분간 견뎌 보자 등등. 화자는 자신과 눈을 마주치지 않은 채 당분간이란 말로 도피하는 사람들, 자신이 알고 있는 것을 화자에게 통보하지 않는 이들, 연인이나 가족 혹은 사회적 관계 내에서 우위를 점한 자들이 내뱉는 그 말을 들을 때면 도망치고 싶다고 말한다. 화자는 거의 모든 관계를 거부하고 혐오한다. 그럼에도 당분간이란 단어는 그가 사회적 관계 안에서 살아가고 있음을, 그가 관계에서 약자의 자리에 배정되어 있음을 가리킨다.

관계의 주도권을 쥔 자는 관계의 종언도 선포할 권리를 갖는다. 그는 정서적으로건 이성적으로건 관계에서 우위를 차지한다. 강자는 지금 당장에는 나쁜 자가 되지 않으려고, 이미 나쁜 자인

미러볼
— 다자이 칙쇼(1998)

황병승

나는 어떤 조합이나 단체에도 소속되어 있지 않고 사람들을 독촉하는
직업을 가지고 있지도 않으며 가정을 필요로 하지도 보험에 들지도
않았고 기부금을 낸 적도 자원 봉사를 생각해본 적도 없다 식물이나
애완동물을 키우지도 않고 옷을 자주 갈아입지도 선거에 참여하지도
않는다 기념일을 싫어하고 사람을 깊이 사귀지 않으며 연설하는
사람을 보면 그렇게 재밌을 수가 없고 대중목욕탕과 어린이를 혐오한다
당분간, 이란 말을 들으면 도망치고 싶고 왕국이란 말에는 어쩐지
가슴이 답답해져온다 나는 사랑을 믿지 않으며 섹스를 좋아하지만
섹스가 끝난 후에는 남자든 여자든 사라져주었으면 좋겠고 친구 혹은
우정이란 말처럼 불순한 것은 없다고 생각하며 부모나 형제자매 친척
중의 누군가를 살해하고 감옥에 가야 하는 것처럼 부당한 일도 없다고
생각한다 '새 날아간다'라는 문장을 읽으면 우선 날갯짓의 듣기 싫은
소리와 깃털 속에 들러붙어 있던 온갖 종류의 세균들이 순식간에
대기를 오염시키는 모습이 떠올라 견딜 수가 없다 세상의 모든 대화,
세상의 부질없는 모든 대화……

자신을 감추려고 약자인 상대방에게 희망을, 유예를, 거짓 약속을 전달한다. 당분간이란 단어를 처음 들은 약자는 그 말을 곧이곧대로 듣는다. 두 번 이상 그 말을 들어야 했던 이는 그 말이 가린 진실을 알게 된다. 그럼에도 화자는 그 말 앞에서 "도망치고 싶고"라고 말하는 것밖에 할 수 있는 게 없다. 약자는 강자가 이미 결정한 관계의 종료를 인정할 수 없기 때문이다. 그러므로 자신의 생사여탈권을 쥔 강자의 '당분간' 앞에서 화자가 할 수 있는 것은 도망이고 외면이다. 당분간이란 말의 이면을 알고 있는 약자는 그 말의 베일을 벗겨야하지만, 그에게는 그럴 힘이 없다. 그의 생존은 당분간 혹은 앞으로도 계속 강자의 손에 달려 있을 것이기 때문이다. 시시한 삶을 구성하는 언어에 대한 화자의 과도한 감정은 그가 이 세상의 언어에 매번 절룩거리는 약자임을 드러낸다.

그런 그가 부모, 형제자매, 친척에 대해 갖는 감정은 극단적이다. 여기에 동의하거나 동일시할 사람은 거의 없을 것이다. 그는 자신의 시를 읽을 독자들에게서도 거부당하고 싶은 것일까? 나와 가장 가까운 이, 가장 자주 만나는 사람, 친밀한 사적 관계를 이루는 가족에 대한 살인을 국가나 법이 나서서 해결하는 것에 대해 화자는 부당하다고 항변한다. 가족 간의 반목과 증오, 혐오는 너무나 오랜 시간 동안 만들어지고 축적된 것이어서 해결이 불가능하다. 가족은 법, 합리성, 사회가 개입할 수 없는, 사회의 안쪽 깊숙이 놓여 있는 사악하고 불길하고 어두운 공간이다. 가족의 문제는 다른 사람들에게 거의 드러나지 않는다. 늘 모여 있는 가족은 평화, 행복, 따스함의 이미지로 전유되기 때문이다. 이 모여 있음이 증오와 살인을 일으킬 때에만, 평화로운 이미지가 깨질 때만 가족(의 문제)은 비로소 바깥으로 그 정체를 드러낸다. 화자는 가족 내 살인에 국가가 개입하는 것의 불법성을 지적한다. 화자가 이해하는 가족은 사랑하지 않는 사람들이 최대한 가까이 모여서 약자들에게 모욕과 경멸, 증오를 퍼붓는 공동체다. 그러므로 가족은 내부에 이미 항상 시한폭탄을 품고 있는 전쟁터다. 국가가 전쟁터의 살인자를 처벌하지 않는 것처럼 가족 내 살인에 대해서도 개입하거나 심판하지 말아야 한다.

화자가 사랑을 믿지 않는다고 말할 때 그 말에는 사랑을 믿은 이가 겪은 지독한 배신이 깔려 있다. 화자는 더 이상 사랑을 믿지 않는 쪽으로 넘어갔다. 가족, 연인, 친구에게서 미움과 배신, 폭력을 겪은 화자의 삶은 불운하고 불행하다. 젊은 그는 기대, 따뜻함, 약속이 전제된 섹스를 혐오한다. "섹스를 좋아하지만"이란 문장은 그가 계속 살아갈 것임을 보증한다. '좋아하지만'은 그 모든 혐오에도 불구하고 그가 이곳에서 떠나거나 사라지지 않을 것임을 보증한다. 그는 심지어 "새 날아간다"란 문장에서도 구체적인 날갯짓과 새의 몸에서 떨어지는 세균을 느낄 만큼 과도하게 보고 읽고 느끼는 사람이다. 그는 글자들, 문장들, 이미지들에서도 세상을 감각한다. 그러므로 화자의 고통은 사회적 삶에서 희망을 보는 이들이 가늠할 수 없는 깊이를 갖는다. 그런 깊이를 가진 그는 이 지옥, 이 폭력, 이 위선의 세계를 떠나지 않을 것이다.

사회적 삶을 사는 자들이 의미를 도출하기 위해 받아들이는 관계, 행위, 이미지에 대한 철저한 거부. 인간주의적 삶에 대한 경멸. 오독과 오해를 자처하는 대범함. 도처에서 감지하는 고독의 위엄. 그럼에도 이 도시, 이 지옥, 이 악몽을 떠나지 않는, 이 폐허의 증인이 되기로 선택한 이의 결단…… 계속 말하기 위해, 계속 거부하기 위해, 근대의 한가운데에 머무르는 혐오스런 말, 그것이 바로 시(詩)이다.

다자이 오사무의 인간 혐오와 익살의 전략

다자이 오사무의 『인간 실격』은 예민한 사람들에게 깊은 인상을 남기는 소설 중 하나다. 이 세상을 더 이상 견딜 수 없어서 계속 자살을 시도했던 오사무는 네 번째 시도에서 마침내 자살에 성공한다. 오사무는 자살의 이유를 성장기와 접합한 소설을 완성하고 목숨을 끊었다. 『인간 실격』의 주인공, 스물일곱 살에서 끝나는 일기의 저자인 요조는 자신의 짧은 인생을 연대기적으로 술회하면서 자신이 보았고 느꼈던 것을 기록한다.

요조는 은행을 소유한 갑부이자 귀족원 의원이었던, 부와 명예를 모두 쟁취한 아버지의 10남매 자식 중 막내아들이었고 미남

인데다 수재다. 요조는 전형적인 아버지-법을 갖고 있었고 거기에 더해 유능한 인간의 모든 조건을 겸비했다. 어린 시절의 요조는 자신의 조건에 대해 계속 부끄러움과 죄의식을 느낀다. 그는 가진 자라는 사실에 대한 죄의식으로 고등학교 시절부터 공산주의에 심취한다. "가난에 대한 공포심은 있어도 경멸심은 없다"[6]고 고백하는 요조는 고향을 떠나 입학한 도쿄의 고등학교에서 미술을 전공하는 이를 통해 좌익사상을 접한다.

그러나 요조가 공산주의 독서회나 비밀모임에 가담했던 것은 불평등한 사회에 대한 분노 같은 정의로운 감정 때문이 아니었다. 그는 그 모임이 주는 '비합법적인 분위기', '당연하고 빤한' 모임이었지만 거기서 풍기는 불온한 느낌 때문에 거기에 가담했다고 말한다. 모임의 내용이 아니라 그것의 형식과 외적 스타일 때문에 가담한 것이다. 그러나 요조는 그 모임이 할 일이 많아졌고 자신은 그런 상황을 버틸 수 없었기에 탈퇴했다고 말한다. 그는 뭐든 즐기는 쪽에 속하지만, 감당할 수 없을 만큼의 즐김은 포기하는 인간이다. 그 직후부터 요조는 자살에 탐닉한다.

하층민은 물론이고 지역 사회 전체가 머리를 조아리는 사람을 아버지로 둔 요조는 아버지가 받는 존경의 실체를 어린 나이에 간파한다. 아버지가 속한 정당의 의원이 자신의 고향 마을에서 연설을 하던 날, 요조는 열렬하게 박수를 치며 환호하던 이들이 집으로 돌아가면서 연설을 헐뜯는 것을 엿듣는다. 한술 더 떠서 가족들이며 집안의 머슴들이 개회사를 낭독한 아버지에게 연설회가 대성공이었다고 거짓말을 늘어놓는 것을 목도한다.

요조는 이날의 경험을 근거로 존경에 대한 자신의 생각을 하나씩 적어 내린다. "존경받는다는 개념 역시 저를 몹시 두렵게 했습니다. 거의 완벽하게 사람들을 속이다가 전지전능한 어떤 사람에게 간파당하여 산산조각이 나고 죽기보다 더한 창피를 당하게 되는 것이 '존경받는다'는 상태에 대한 제 정의였습니다. 인간을 속여서 '존경받는다' 해도 누군가 한 사람은 알고 있다. 그리고 인간들도 그 사람한테서 듣고 차차 속은 것을 알아차리게 되었을 때 그때 인간들의 노여움이며 복수는 정말이지 도대체 어떤 것일까요. 상상만 해도 온몸의 털이 곤두서는 것이었습니다."[7] 요조는 냉소적인 현실주의자나 무심한 이상주의자가 아니다. 그는 과도하게 느끼는 자, 과장해서 느끼는 자다. 그는 존경의 이면을 보았기에 더 이상 존경받길 거부한다. 존경받는 자는 속는 자이고, 존경하는 자는 속이는 자이다. 요조는 속고 속이는 사람들 사이에서 그 구조를 보았다. 그는 그 프레임을 이미 보았기 때문에 서로 속고 속이는 현실에 뛰어들고 싶어 하지 않는다.

요조는 사회적인 인정과 존경에 필요한 거의 모든 것을 갖고 있지만, 그것을 자신에게 유리하게 이용하길 거부한다. 대신에 그는 속는 자와 속이는 자 모두에 대해 공포심을 느낀다. "서로 속이면서 게다가 이상하게도 전혀 상처를 입지도 않고 서로가 서로를 속이고 있다는 사실조차 알아차리지 못하는 듯 정말이지 산뜻하고 깨끗하고 밝고 명랑한 불신이 인간의 삶에는 충만한 것으로 느껴집니다."[8] 상류층 자제인 요조가 불신을 묘사하는 방식은 역시나 상류층에 걸맞다. '산뜻하고 깨끗하고 밝고 명랑한' 불신인 것이다.

요조는 가족과도, 친구와도 거리를 둔다. 집안의 하녀와 머슴에게 성추행을 당했던 요조이지만 그는 그 사실을 부모에게 알리지 않는다. '인간에게 호소한다는 것은 결국 처세술에 능한 사람들의 논리에 져버리는 것'이라는 게 그 이유다. 그는 사적이고 친밀한 관계도 사회적 관계임을, 그것 역시 사회적 관습에 포섭되었다고 주장하는 부류다. 그에게는 정의나 진실 같은 개념도 권력을 쥔 자들의 행동을 정당화하는 계급적 개념에 불과하다. 어린 아들이 겪은 폭력을 해결해 줄 부모의 논리란 것도 처세술이라고 생각한다. 그의 비판은 친밀한 사적 관계도 사회적이고 정치적이라고 주장할 만큼 극단적이고 철저하다. 요조에게는 부모가 있었지만 그는 이미 고아의 의식을 견지하고 있었다. 요조는 거의 모든 것을 갖고 있었지만 불신의 대가이며, 대안 없이 비관적이었다. 그는 퇴로를 거의 차단한 채 이 세상의 모순을 느끼도록 자신을 갈고 닦은 것일지 모른다. 오직 엿듣고 엿보면서 인간들의 거짓말과 처세술, 위선에 놀라는 게 그의 재능이고 감각이었다.

그러나 비극의 영웅처럼 이 세상을 바꾸거나 저항할 힘이 부족했던, 거의 아이이자 '여성'이었던 요조가 선택한 퇴로는 자신을 지우는 것이었다. 근대의 논리는 강자가 되는 쪽, 권력을 쥐는 쪽을 향한다. 그러나 요조는 약한 사람의 재능이자 저주인 예민한 감각을 통해 자신을 지워버리는 쪽으로 움직였다. 너무 많이 느끼는 사람은 이 세상에 어울리지 못한다. 그는 이 세계에 초대받지 않은 사람이고, 잊힐 사람이고, 실패할 사람일 뿐이다.

'선천적으로 마음이 약해 남에게 싫은 소리 한번 못하는' 요조는 거의 모든 이들에게 상냥했다. 이 세계의 모순과 위선을 간파하는 요조의 자의식은 계속 살아야 할 의지와 욕망을 소진할 뿐이었다. 그는 분노하고 저항하는 청년이라기보다 탕진하고 자해하는 낙오자 쪽에 더 가까웠다. 그는 '인간에 대한 공포를 잠시나마 잊게 해 주는'[9] 술, 담배, 여자에 탐닉하면서 생을 연명하는 기식자, 루저였다. 그는 고통받았지만 그 고통에 어떤 대의나 형식도 부여하려 하지 않았다. 그의 명민함은 그에게 주어진 대부분의 권리를 제거했다.

딱 한 가지 요조가 죽기로 결심하기 전에 선택한 것, 이 세상의 두려움과 공포 속에서 계속 살기 위해 발명한 것은 익살이었다. "그것은 인간에 대한 저의 최후의 구애였습니다. 저는 인간을 극도로 두려워하면서도 아무래도 인간을 단념할 수가 없었던 것 같습니다. 그렇게 해서 저는 익살이라는 가는 실로 간신히 인간과 연결될 수 있었던 것입니다. 겉으로는 늘 웃는 얼굴을 하고 있었지만 속으로는 필사적인, 그야말로 천 번에 한 번 밖에 안 되는 기회를 잡아야 하는 위기일발의 진땀나는 서비스였습니다."[10] 아직 자살을 결행하기 전 요조는 웃기는 사람 혹은 우스운 사람을 연기한다. 그것이 그가 이 세상에서 자신을 지우고 숨는 방법이었다.

요조는 '인간 실격', 즉 인간의 지위에서 추락하기를, 단 한마디도 진실을 말하지 않기를, '더 이상 인간이 아닌' 사람으로 살기를 선택한다. 그는 처세술의 사회를 익살로 횡단한다. 요조는 어른들이 원하는 아이, '어린아이다운 천진난만함'을 가장하면서 선생을 웃기고, 한여름에 겨울옷을 입어서 식구들을 웃기고, 수업 시간에 바보 같은 행동을 해서 아이들을 웃긴다. 그는 진지한 사람, 몰입과 반성을 통해 목적을 달성하는 이들의 궤도에서 이탈한다. 그 대신 그는 사람들이 원하지 않는 인간이 된다. 그는 주체이길 거부한다. 요조는 대상화되는 것, 무해한 사람이 되는 것, 잠시 쉬어 가는 막간극에 출연하는 배우가 되는 것을 통해 존재의 무거움에서 이탈한다.

이것은 존경받는 것만큼이나 어렵다. 자신의 신중한 의도에도 불구하고 구경하는 관객이 웃어주지 않는다면 실패이기 때문이다. 누군가 그의 의도를 읽어내는 자가 있다면 그는 요조와 동류의 인간일 것이다. 동시에 요조는 부끄러움 또한 느낄 것이다. 소설에서 요조의 의도를 알아채는 이는 딱 한 사람뿐이다. 둘은 '도깨비 그림', 즉 고흐나 모딜리아니처럼 '익살로 얼버무리지 않고 본 그대로 표현하려고 한' 그림을 교환하면서 아주 잠깐 진지함의 다른 형식을 독자에게 전달한다.

요조의 영혼 없는 웃음, 의도된 실수와 신중한 기만은 인간 사회를 지배하는 진지함의 위선에 맞서는 또 다른 진지한 형식이다. 요조는 "나는 무야, 바람이야, 텅 비었어"라고 말한다. 그는 내면이 없는 얼굴이고 거죽이고 가면이다. 그의 익살은 이 하찮은 세상에서 숨기 위한, 어떤 역할도 진심으로 해낼 수 없는 자신을 보호하기 위한 생존법이다. 그렇기에 요조의 유품에 들어 있던 네 장의 사진을 분석하는 소설 속 '나'는 요조가 짓고 있는 웃음을 두고 "전혀 웃고 있지 않다"거나 "인간의 웃음이라고 하기에는 어딘가 걸린다. 피의 무게랄까 생명의 깊은 맛이랄까, 그런 충실감이 전혀 없는, 새처럼 가벼운 것이 아니라 그야말로 깃털처럼 가벼운, 그냥 하얀 종이 한 장처럼 그렇게 웃고 있다"[11]고 말한다. '나'는 "이렇게 기묘한 얼굴의 남자를 역시 본 적이 한 번도 없다"고 덧붙인다.

'바람'처럼 텅 빈 요조의 웃음, 근대성의 지위를 반영하는 인격이 깃들지 않은 표정, 내면이 없는 거죽으로서의 얼굴의 일그러짐은 그의 비인격성을 가리킨다.* 그는 최선을 다해 인간이 되지 않으려고 노력했다. 그것은 대단히 신중하고 일관된 실천이었다. 요조는 저열한 세상에 우월감으로 맞서지 않았다. 수재였던 그의 명민한 자의식은 자신을 더욱 쓸모없는 인간으로 추락시키는 데 집중되었다. 결국 "익살을 더 이상 연기할 의욕조차 잃어버리고" 그는 자살로 돌진한다. 그리고 결국 바람이 되었다.

비체abject, 혐오의 매혹

앞서 아이의 탄생의 비참에 대한 설명에서 보았듯이 우리는 어머니에게서 떨어져 나오는 것을 축복으로 해석한다. 아이의 탄생은 사회의 (재)생산에 필수적이다. 가족과 국가, 나아가 인류의 지속은 아이의 수급에 달려 있다. 이윽고 탄생은 어머니와 아이의 분리가 아니라 아버지와 아들의 관계로 재빨리 이전한다. 어머니와 아이의 관계는 아버지와 아들의 관계를 설명하는 이른바 오이디푸스 콤플렉스에 부수적이다. 아이는 이름을 받아들이고 자신을 언어로 번역하며 사회적 자아를 자기로 인정함으로써 정상적 인간, 즉 주체가 된다. 언어는 인간을 무에서 끌어들여 기호로 덮는다. 언어는 아무것도 아닌 존재를 실체 혹은 본질로 만드는 공정을 통해 인간을 주체화하는 데 성공한다.

프랑스의 정신분석학자이자 언어학자인 줄리아 크리스테바는 '애브젝트abject'와 '애브젝션abjection'이란 개념을 통해 주체화를

* 예술가들은 인격이나 인칭을 없애는 글, 주체성이나 개성이 드러나지 않는 글 혹은 이미지를 통해 인격들의 공동체인 근대가 황량한 사막이고 폐허임을 증명하려 했다.

거부하는 혹은 불가능하게 하는 몸의 교란과 집요함을 설명했다. 인간은 자기 자신을 유지하기 위해 피, 젖, 오줌, 똥, 정액, 토사물과 같은 몸의 분비물을 혐오하고 거부하고 추방했다는 것이 그녀의 관점이다. 나이지만 내가 거부하는 나, 그것이 애브젝트(비체, 卑體)이고, 비체의 작용이 애브젝션(혐오작용)이다.

우리는 어머니의 몸의 일부였다가 거기서 떨어져 나왔다. 어머니의 몸이 우리를 혐오하고 추방했다. 우리는 어머니의 일부이지만 어머니가 거부한 분비물이었다. 그런 점에서 우리는 이미 비체다. 우리는 그런 사실을 숨긴 채 언어를 배우고 언어로 자신을 표현하면서 자신을 일관된 전체, 내부를 가진 완전체, 주체로 간주한다. 그러므로 우리는 자신을 하나의 완전한 존재로 느끼지 못하게 하는 몸의 작용을 억압해야 한다. 그렇지 않으면 우리는 주체가 되지 못하고 낙오자가 되거나 한낱 분비물로 추락할 것이다.

나의 똥과 오줌을, 나의 액체를 나로 간주한다면 우리는 더러운 존재, 아직 인간에 도달하지 못한 존재가 된다. 크리스테바는 건강, 청결, 멸균과 같은 근대적 수사와 연관된 몸에 대한 두려움을 어머니의 몸에 대한 무의식적 기억, 의식화되기 어려운 기억과 연관 짓는다는 점에서 탁월했다. 어머니의 몸에서 똥처럼 떨어졌던 우리, 바이러스와 균에 뒤덮인 몸을 부정하는 우리, 몸이 아니라 의식이려는 우리. 비체였음을, 아니 매순간 비체에 불과하다는 것을 부끄러워하는 우리. 그렇기에 우리는 비체에 대해 혐오만큼이나 매혹도 느낀다.

> 애브젝트(폐물, 폐인, 비천함)란 정체성, 체계, 질서를 어지럽
> 히는 것, 경계, 위치, 규칙을 무시하는 것이다. 오물, 쓰레기,
> 고름, 체액, 시신 그 자체가 모두 애브젝트이다. 마찬가지로
> 양심의 가책을 받는 배신자, 거짓말쟁이, 법률위반자, 부끄러
> 운 줄 모르는 강간자, 구세주를 자처하는 살인자, 한계를 초
> 과한 모략, 교활, 비겁 혹은 위선 등을 통해 법률의 취약성을
> 두드러지게 하는 범죄자도 누구나 애브젝트이다. 애브젝트는
> 인간생활과 문화가 스스로를 유지하기 위하여 배제하는 것
> 들이다. 그렇지만 그것은 역겨운 느낌을 주면서도 마음을 부
> 추기고 홀리는 기묘한 낯설음을 갖고 있다. 말하자면 '매혹과
> 반감이 함께 하는 불쾌한 대상'은 애브젝트, 그 애브젝트한
> 경험을 애브젝션이라고 한다.[12]

비체는 지금 우리의 상태다. 개중에는 좀 더 비체인 사람이
있을 것이고, 자신이 비체임을 혐오하면서도 더욱더 비체가 되는
이들도 있을 것이다. '나의 몸'이라고 말할 때, 내가 원하지 않는 분
비물들에 노출되고 둘러싸여 있는 이 몸은 도대체 무엇인가? 나
는 졸고, 토하고, 눈물을 흘린다. 그런데 나는 똥오줌을 (못) 누는
이 몸을 통제할 수 있는가? 나의 것이 아닌 이 몸, 나의 통제를 벗

어난 이 몸을 혐오하는 것은 우리가 태어날 때부터 비체였기 때문이다. 이 약한 몸이 나를 주체에서 대상으로, 긍정에서 부정으로, 사랑에서 혐오로 데리고 간다.

그러므로 건강한 사람에게는 당연히 예술이, 시가 필요 없다. 반대로 우리는 이 불결하고 혐오스러운 것을 억압하지 않기 위해 감각적 언어의 더러움을 전유해야 한다. 내가 전체가 아님을, 나는 지금 새고 흐르는 구멍임을 알려주는 이들이 없다면 더러운 이 몸, 비천한 생을 누가 위로해 줄 것인가? 의사와 선생, 정치인에게 농락당하고 약속과 희망에 모욕당하는 이 몸의 작란(作亂)을 누가 정당화하겠는가?

크리스테바는 오늘날 예술가들이 비체에 천착하는 것을 상징적 언어에 대한 예술가들의 저항이란 관점에서 설명한다. 혐오스러운 것들에 대한 예술가들의 재현에서 자율적인 전체로서의 인간 존재에 대한 저항이, 주체로서의 인간의 언어적 삶을 반드시 필요로 하는 사회에 대한 저항이 드러난다는 것이다. 인간은 언어를 배우면서 앎과 행위의 주체이자 문장의 주어가 된다. 나는 주어이고 주체이다. 나는 문장의 기능이면서 자신을 하나의 고유한 실체이자 본질로 간주한다.

주체화에 성공한 사람은 세계와 자신을 분리해서 생각한다. 그는 이 세계에 대해, 대상에 대해 거리를 유지할 수 있다. 생각한다는 것은 생각의 대상과 거리를 유지할 수 있다는 것이다. 나는 존재를 나의 사유의 대상으로 대체하고, 그것을 내가 처분할 수 있는 것으로 만듦으로써 언어적 주체라는 확신을 얻는다. 그러나 이것은 삶에 대한 근대적 왜곡이고 폭력이다. 크리스테바는 이러한 언어의 상징적 작용을 불가능하게 하는, 즉 주체와 대상의 거리두기를 불가능하게 하는 것이 '어머니의 몸에 대한 기억'이라고 말한다. 크리스테바는 어머니의 몸을 혐오스러움과 연결한다는 점에서 자애롭고 희생적인 어머니라는 남성적 관념에서 멀어진다.

결국 혐오는 우리의 취약한 육체에 대한 두려움과 공포에서 나오는 반응이다. 우리는 약한 것들을 더러운 것으로 만들고 그것을 내게서 분리시킴으로써 그것들과 나의 연관성을 부정한다. 그것들을 죽일 수 있다고, 삭제할 수 있다고 믿음으로써 우리는 죽음에 인접한 삶을 부정하는 것이다. 그러나 우리는 매순간 자신의 몸에서 흘러나오는 액체들, 분비물들, 오염물들에 둘러싸여 산다. 그런 점에서 혐오는 자신과의 불화이고 투쟁이다. 성공할 수 없는, 실패만을 돌려줄 그런 투쟁이 매 순간 벌어진다.

이때 박연준의 「詩」는 시가 곧 혐오스러운 몸-말이라는 것을 증언한다.[13)]

이 시는 의식의 통제를 벗어난 신체의 교란이 횡행하는 불면증자의 밤을 육화한다. 흐릿한 의식의 무력함 속에서 몸은 '기관 없는 신체'로 날뛰고, 그런 몸의 말은 제멋대로 질주하기에 포획이

詩

박연준

밤마다 내 머리맡을 배회하는 시
그러나 끝내 잠을 수 없다, 손가락들의 마비
눈곱도 떼지 못한 채 사라지는 시
앞바퀴는 한 개, 뒷바퀴는 열 개,
비틀비틀 질주한다, 방향을 잡기가 어려운데
구멍이 뚫린 그물 속에 내가 걸려들어가고 다리가,
다리 한 짝이 구멍 속으로 빠져나간다 죽은 시간과 함께
불구의 몸으로 팔딱대며 한 개의 다리와
열 개의 손, 열세 개의 손가락, 마비!
구토하는 새벽안개, 멀리 방사한다, 나를,
내 다리를, 다리 한 짝을

죽은 나를 향해 종이들이 쏟아진다
한 장, 두 장, 세 장, 쏟아지는 병신들

시가 똥처럼 떨어진다
낳아놓은 똥은 죽은 걸까, 산 걸까?

냄새가 나는 걸 보니 썩어가고 있구나
똥 주위를 휘 돌아본다
이 죽어가는 걸 어떻게 살릴까
다시 내 속에 넣어볼까, 살아나려나―

그런데 너, 내가 더럽니?
내 시가 더럽니?

불가능하다. 불면증자인 시인과 배회하고 질주하고 그물을 던지는 시 사이의 싸움에서 늘어나는 것은 기괴하고 불구화된 몸이다. 도 망가는 말(言), 그러므로 유혹하는 말이 끄는 마차는 앞바퀴가 한 개이고 뒷바퀴가 열 개다. 브레이크도 소용이 없고 고꾸라질 게 뻔하다. 나는 방향을 잡을 수 없는 마차의 말이 던진 그물에 걸려 들어 병신이 된다. 내 손은 열 개, 손가락은 열 세 개가 되었다. 내 몸은 경련을 일으키면서 유혹의 말에 반응한다. 마침내 새벽이 도 래하면 도망가는 말과 하나가 된 내게는 종이들이 남는다.

밤의 말인 시는 사라지고 말과의 싸움에서 진 나는 죽었고 시는 종이 위에 자신의 흔적을 남긴다. 한 장, 두 장, 세 장 쏟아진 다고 하는 것을 보니 시를 쓰기는 했나 보다. 시인은 자신의 시가 "똥처럼 떨어진다"고 말한다. 시가 몸―말이라고 할 때, 시는 그 자 체로 똥이다. 3연은 똥, 막 '낳아 놓은' 똥을 사유한다. 냄새나는 똥, 아이처럼 낳았으되 썩기 시작하는 똥, 악취를 풍기는 똥, 응급 처치가 필요한 이 아이―시―똥을 이야기한다. 막 낳은 이 싱싱한 똥은 결국 똥이기 때문에 더럽고 계속 썩을 뿐이다. 그러나 이 똥 에서 나의 일부, 나의 몸을 알아보지 못하는 한, 우리는 자신의 죽 음을, 갑자기 전체를 지배하고 있는 똥(냄새)의 지배력을 도리어 인정하는 꼴이 된다.

4연에서는 이 우스꽝스럽고 어이없는 상황에 몰두한 화자가 갑자기 고개를 들어 이쪽을 바라본다. 시를 과감히 똥과 등치하고, 썩어감과 죽어감으로서의 삶을 전면에 배치한 자신의 시에 당연히 묻어 있는 더러움에 대해 시인은 정색하듯 반문한다. 이게 더럽니? 심지어 이 똥은 시인데? 그렇다면 더러움은 무엇이지? 더러운 것(=똥)을 더럽다고 하는 상식과 시는 성스럽다는 또 다른 상식이 "이 시는 더럽다"는 전제에 의해 깨져버린다. 시인은 아주 거만하게 "내 시가 더러워?"라고 말하면서, 똥의 자리에서 이쪽을 응시한다. 밤이, 죽음이, 막 떨어진 몸이 우리를 본다.

'혐오스런 마츠코'의 사랑법 — 더 나쁜 쪽으로!

여성주의 관점에서 본다면 소설과 영화 〈혐오스런 마츠코의 일생〉의 주인공 마츠코는 주체적인 여성이 아니다. 마츠코는 여성성을 긍정적으로 재현하지 않는다. 그녀는 예쁘고 유능하지만 자신의 자질을 통해 인정을 받는 여성이 아니다. 마츠코는 남성과의 사랑에서 존재 이유를 찾으려는 의존적인 여성이고, 그 대가로 학대당하고 버림받을 뿐이다. 그녀는 사랑하고 버림받는 구조를 반복한다. 여성주의가 제시할 혹은 여성주의가 욕망하는 여성상이 아니다. 기존에 있었던 상투적인 인물형이고, 가부장제 사회에서 만연하는 대상화된 여성이다. 마츠코는 대상이 되는 데 열성적이고, 그런 열정으로 자신의 삶을 긍정했으며, 결국 맞아 죽는다.

그러나 마츠코는 근대의 인간주의에 포섭된 여성주의를 비켜

가기에 주목할 만하다. 그녀는 보편적 공감도, 특수한 지지도 얻지 못한다. 소설과 영화의 제목은 누구도 마츠코를 연민이나 측은지심을 갖고 바라볼 수 없음을, 마츠코는 그 자체로 혐오스러운 존재임을 온 세상에 알린다. 마츠코는 사랑하기 위해 태어났지만, 그 사랑은 위대한 인간성을 구현하기에는 너무나 즉흥적이고 사적이었다. 그녀는 자신을 사랑한다고 생각한(오인한) 남자들에게 의심 없이 자신을 던졌고, 그들은 '혐오스런 마츠코'를 때리거나 경멸하거나 배신하거나 금방 잊어버렸다.

그러나 우리는 주체가 아니라 대상을, 인정이 아니라 혐오를, 사랑이 아니라 배신을 자처한 마츠코에게서 대안 없는 실천으로서의 횡단, 출구 없는 세상을 지치지 않고 온몸으로 질주한 비인간적 행위성을 목격하는 것은 아닐까? 여성주의의 욕망은 남성이 먼저 도달한 주체의 지위에 여성이 두 번째로 도달하는 것에 불과하다. 그것은 대상화에서 주체화로의 상승이며, 주체화란 자기소외의 다른 이름일 뿐이다.

그렇다면 우리는 미화된 대상화가 아닌 혐오스런 대상화에 충실했던 마츠코의 사랑법과 긍정법에 대해 좀 더 찬찬히 뜯어봐야 하지 않을까? 주체란 누군가가 혹은 무엇인가가 대상으로 존재할 때에만 일어나는 환상이다. 그러므로 주체가 아닌 대상에 어떤 가능성이 있다면, 우리는 마츠코가 유발하는 역겨움을 견디면서 계속 읽고 보아야 한다. 마츠코의 이야기는 어떤 교훈도 의미도 없이 그저 반복될 뿐인 삶을 긍정하는 방식을, 허무주의를 더욱더 적극적으로 횡단하는 방식을 조금이라도 들려줄지 모른다. 혹시 마츠코가 니체의 초인은 아니었는지 잠시 생각해 보자.

야마다 무네키의 소설 『혐오스런 마츠코의 일생』과 영화 〈혐오스런 마츠코의 일생〉은 모두 각자의 방식으로 좋은 작품이다. 소설은 반복되는 마츠코의 불행을 충실히 기록하고, 영화는 어이없는 마츠코의 불행을 총천연색의 세팅과 뮤지컬을 첨가해서 희극으로 살짝 끌어당기려 한다. 영화는 스스로 부른 불행을 과연 불행이라고 할 수 있는가를 좀 더 의식한 듯하다. 누군가가 일생 동안 열정적이었고 또 일생 동안 불행했다면 거기에는 어떤 다른 이름이 필요한 것 아닌가, 라고 말하는 듯하다. 영화에 불쌍한 마츠코를 한없이 사랑하는 감독의 따스함이 넘쳐난다면, 소설에는 마츠코의 행동과 말이 영화보다 훨씬 선명하고 구체적으로 나타난다. 그런 점에서 나는 영화보다 소설을 중심으로 마츠코의 수동적 능동성, 즉 다가온 이들의 욕망에 자신을 맞추는 능동성에 대해 분석해 볼 것이다.

'카와지리 가문의 수치'인 마츠코는 불쌍하고 불행한 사람이지만 독자의 연민을 자아내지는 않는다. 마츠코의 비극은 그녀의 선한 의도에도 불구하고 그녀에게 가해진 비참이 아니라, 그녀가 최선을 다해 자초한 불행 때문에 벌어진다. 우리는 누군가의 첫 번째 불행에 대해서는 연민과 동정심을 가질 수 있다. 그러나 그 사람이 계속 같은 짓을 되풀이한다면 그때 우리는 그/그녀에 대한 우리의 감정을 거두어들인다.

마츠코는 언제나 열정적으로 행동하는 여자다. 그녀는 단지 착하기만 한 것도, 불쌍하기만 한 것도 아니다. 예쁘고 똑똑한 마츠코는 좋은 대학을 나온 뒤 중학교 선생으로 부임했다. 무엇을 하건 열심히 하는 그녀의 과도한 열정과 선의는 아이러니하게도 그녀를 나쁜 쪽으로 몰고 간다. 그것이 우리가 마츠코를 계속 보고 있기 힘든 이유다. 그녀의 불행의 책임은 그녀에게 있다. 그녀는 남자에게 너무 의존적이었고, 독립적으로 살 수 있는 재능과 힘을 갖고 있었음에도 쓸데없이 자신을 소진했으며, 종국에는 자신을 아무것도 아닌 존재로 만들어버렸다. 혐오는 마츠코가 그녀에 대해 연민할 우리의 권리를, 우리가 그녀를 감상할 자리를 애초부터 허락하지 않기 때문에 우리를 엄습하는 감정이다. 경계를 세우고 내면을 채우고 저 너머의 존재와의 공생을 도모하는 주체의 생존법은 그녀에게 존재하지 않는다.

마츠코의 불행은 몸이 약한 여동생에게 아버지의 사랑을 빼앗겼다는 그녀의 오인에 기인한다. 물론 늘 그렇듯이 아버지는 마츠코를 사랑했다. 그러나 마츠코는 아버지의 사랑을 동생 쿠미에게 빼앗겼다고 확신한다. 그런 결핍 때문에 마츠코는 자신을 사랑한다고 생각하는 이들에게 그들이 원하는 것보다 더 많은 사랑을 준다. 그녀는 늘 과잉인 채로 밀려 나온다. 그녀는 비(非)자아이며 비체이다. 남자들은 마츠코를 함부로 대한다. 우리는 자존감이 부족한 사람을, 너무 쉽게 가까이 다가오는 이를 학대할 권리를 갖는다고 착각한다. 우리에게 그녀는 물건이고 대상이고 하찮은 것이다.

마츠코는 자신의 남자들을 사디스트로 만든다. 영화 속의 남자들은 맞아야 사는 여자 때문에 때리는 사람이 된다. 마츠코는 맞고 배신당하고 경멸당하도록 되어 있는 배역이다. 마츠코의 집요한 욕망 때문에 남자들은 어쩔 수 없이 사디스트가 된다. 말하자면 대상화가 주체화를 출현시키는 역전이 발생한다. 표면상으로 주체 사디스트와 대상 마조히스트는 심층적으로 대상 사디스트와 주체 마조히스트로 전치된다. 사디스트와 마조히스트의 관계는 불가해하고 비이성적이며 정동적이다. 거기서는 사랑과 폭력이, 고통과 쾌락이 모호하게 뒤섞인다. 마츠코는 깨끗하고 아름답고 숭고한 사랑 바깥에서 산다. 너무 많은 사랑을 주는 마츠코 주변에서는 늘 분란이 일어난다.

소설은 마츠코가 겪는 학대와 배신과 폭력에 그녀도 공모하고 있음을, 마츠코에게는 학대를 피할 방법이 없음을, 무엇보다 마츠코에게는 무해하고 무결하며 무난한 사랑에 대한 욕망이 없음을 보여준다. 마츠코는 늘 사랑과 폭력, 헌신과 배신이 합류하는 자리다. 평생 마츠코를 사랑한 류는 그녀를 계속 배신하고, 마츠코를 사랑하기 때문에 때린다는 작가 지망생 데츠야는 자살한다. 데츠야의 문학성을 질투한 평범한 유부남은 마츠코를 경멸하고, 마츠코에게 결혼을 약속했던 이발사는 그녀를 잊었고, 기둥서방이었던 남자는 마츠코에게 살해당한다. 마츠코는 분란, 갈등, 파괴의 진원지다. 또 그만큼 마츠코는 열심히 산다. 마츠코는 그녀가 사랑하는 남자를 위해, 그에게 돌아가기 위해, 그와 함께 살기 위해 최선을 다한다. 마츠코는 최고의 창녀가 되고 감옥에서는 최고의 미용사가 된다. 물론 그녀의 희망은 늘 좌초된다.

마츠코의 사랑에는 대가가 주어지지 않는다. 그럼에도 그녀는 매번 새로운 남자에게서 맹목적으로 삶의 희망을 발견한다. 마츠코는 계속 자신을 학대하는 사람에 불과하다. 그녀는 사랑하는 사람에게 계속 배신당하지만 그럼에도 기억이 없는 사람처럼 계속 사랑에 빠진다. 그녀는 그곳이 창녀촌이든 감옥이든 어디든 간다. 대가 없는 사랑이 종교적인 사랑이라면, 영화는 그런 마츠코의 사랑을 종교적인 의미로 재구성하려고 한다. 마츠코는 사실 사랑받는 사람이다. 아버지는 그녀를 한없이 사랑했고 류는 일생 그녀만을 사랑했다. 소설 속의 여러 사람들은 마츠코를 따뜻하게 대해 주며 그녀를 도와주려고 한다. 그러나 자신이 받은 사랑보다 더 많은 사랑을 주는 마츠코는 인간 세상에서 점점 밀려난다.

소설에서는 마츠코가 웃는 장면이 두 번 나온다. 첫 번째 웃음은 그녀가 수학여행 중 도둑질을 한 류의 퇴학을 막기 위해 최선을 다하다가 절도죄로 학교에서 쫓겨났을 때 나왔다. 마츠코는 교문을 나서면서 "순간 참을 수 없을 정도로 웃고 싶은 충동이 솟아올랐다. 자전거의 안장에 앉아서 허리를 들고 페달을 밟았다. 나는 깔깔대며 웃기 시작했다. 등교 중인 학생들이 눈을 크게 뜨고 쳐다봤다."[14] 선의의 대가가 퇴출이었음을 깨달은 마츠코는 폭소를 터트린다. 학교는 좋은 선생님 마츠코를 내쫓는다. 마츠코의 웃음은 자신을 바깥으로 내쫓으면서 문을 닫아버린 학교를 향했다. 그녀에게 이 학교는 가짜였다. 진짜인 척 하는 가짜의 위엄(학교란 이름은 숭고하다) 앞에서 그 위엄이 사실은 텅 비어 있다는 사실을 아는 사람만이 웃을 수 있다. 웃음은 '존재의 참을 수 없는 가벼움'에 대한 진실된 반응이다.

두 번째 웃음은 마츠코가 우발적으로 살인을 저지른 뒤 테츠야가 살아생전 흠모했던 다자이 오사무가 뛰어들어 자살한 강으로 찾아가 자살하려고 할 때 터졌다. 그녀는 강물이 더 이상 흐르지 않는다는 사실 앞에서 또 한번 폭소를 터트린다. "나는 멍해졌다. 풋하고 웃음이 터져 나왔다. 참을 수가 없어서 몸을 웅크린 채 가방을 안고 계속 웃어댔다. 배가 뒤틀려서 아파왔다. 숨을 쉬기도 힘들었다. 그래도 웃음이 수그러들지 않았다."[15] 물에 빠져 죽으려는데 정작 물이 없다. 맥락 없이는 행위도 불가능하다. 그녀가 들어가려고 한 맥락들은 계속 사라진다. 문학은 다자이 오사무와 데츠야를 이어주었지만 데츠야와 마츠코를 이어줄 행위로서의 자살은 불가능해졌다.

그녀는 이번에도 밀려난다. 마츠코는 계속 어긋나는 사람이다. 그녀는 사랑을 믿는 사람이고 행동하는 사람이지만 그녀를 받아들이는 구조는 여전히 존재하지 않는다. 마츠코의 폭소는 의도와 결과, 조건과 실천의 어긋남에서 돌출한다. 비극은 그 어긋남이 주체를 붕괴시킬 때 나타나지만, 희극은 주체가 그 어긋남을 볼 때 나타난다.

마츠코는 남성들이 만들어 낸 희생과 헌신의 여성 이미지에 맞는 여성 타입이 아니다. 말하자면 그녀는 유약하고 여린 남성을 구원하는 부류의 여성이 아니다(일생 그녀를 사랑했다고 말하는 류는 정작 그가 죽인 사람의 가족이 보여준 용서 덕분에 구원받았다. 그는 기독교 신도가 된다). 그녀는 남성들의 욕망의 대상이 되려는 데 충실하지만 남성들도 도망가고 배신하도록 하는 과도한 열정을 갖고 있다는 점에서 상투적인 이미지에서 벗어나 있다. 그녀는 거의 모든 타입의 남성들을 자신이 사랑할 사람으로 받아들였다. 그녀의 맹목적 수용성은 그녀가 텅 빈 장소임을, 즉 자신의 개성이나 욕망을 갖고 있지 않음을 보여준다.

그녀는 상대에 맞춰 자신을 조율했고, 그렇기에 그녀는 이미 텅 빈 존재, 무였다. 착하고 따뜻하고 열정적이고 강한 마츠코의 행동은 결과나 결론 혹은 교훈을 얻지 못하기에 혐오스럽다. 우리는 너무 쉽게 사람을 믿고 너무 많이 행동하고 너무 여린 마츠코에게 모든 불행의 책임을 돌린다. 그렇기에 고모 마츠코의 생의 궤적을 추적하는 소설의 화자는 이렇게 적는다. "판결문에서 마츠코 고모의 성격이 사건의 근본원인인 것처럼 기록하고 있다. 충동적이며 자기중심적이고 휩쓸리기 쉬운 성격 때문에 길을 잘못 든 것이라고. 그러나 나는 그렇게 생각되지 않았다. 이 자료에 나타난 한 마츠코 고모는 몸을 파는 일에서도 남자관계에서도 서투를 정도로 정면으로 부딪친 것뿐이지 않은가."[16]

물론 마츠코는 신파의 주인공이기에 다음과 같이 자신의 불행의 원인을 하나하나 지목한다. "타도코로, 왜 나를 겁탈했고 왜 나를 학교에서 쫓아낸 거야? 사에키, 왜 나를 감싸주지 않았어? 테츠야, 왜 나를 데려가지 않았어? 오카노, 왜 나를 가지고 놀았어? 아카기, 왜 확실하게 사랑을 고백해주지 않았지? 아야노, 왜 행복해지지 않았어? 오노데라, 왜 나를 배반했어? 시마즈, 왜 나를 기다려주지 않았어? 메구미, 왜 나를 단념했어? 류, 왜 나를 놔두고 도망친 거야? 부모님, 왜 나를 사랑해주지 않았어요? 노리오, 왜 나를 용서해주지 않았니? 쿠미, 왜 마음대로 죽어버린 거니? 내가 이렇게 된 건 모두 당신들 때문이야!"[17]

우리는 관계 때문에 인생을 망친다. 마츠코는 요조와는 정반대로 인간관계에 지나치게 집착했고, 거기에 자신의 인생을 걸었다. 그리고 마츠코는 조카를 제외한 거의 모든 이들에게 혐오스러운 존재가 되었다. 다자이 오사무는 예민한 사람의 자의식, 사회와 불화하는 이의 자의식을 통해 우리를 위로한다. 그런 사람은 어쨌든 지금도 우리 주변에 존재한다. 그러나 마츠코는 소수자건 여성이건 따뜻한 사람이건 그 누구도 따르고 싶어 할 길을 보여주지 않는다. 마츠코는 결국 '내친 김에 잠깐 장난치려는 생각으로, 가벼운 마음으로' 그녀를 때린 부랑아들의 손에 맞아 죽는다.

마츠코는 사랑과 환상을 욕망하는 이들에게도 버림받는다. 그렇기에 그녀는 '단독자'다. 그녀는 대가와 보상과 교훈과 의미로 가득 찬 세상을 혐오스러운 모습으로 질주했다. 그녀는 상대가 누구든 항상 똑같은 짓을 되풀이했다. 그것은 그녀가 기억으로 뒷걸음질하는 인간이 아니라는 것이고, 판단하지 않은 채 행동하는 '주체'임을 보여준다. 마츠코는 나쁜 일을 중계하기 위해 끊임없이 달린다. 그녀는 그 궤도에서 빠져나오지 않은 채 계속 달린다. 그녀는 머리도 의지도 숙의도 없는, 말하자면 무뇌아 같다. 덕분에 우리는 이성적이고 반성적인 주체들이 알고 있는 사랑과는 다른 사랑을 본다. 우리는 마츠코를 통해 사랑이란 인정받고 지지받고 칭송받으려는 행위가 아니라는 것을, 모르는 사람에게 자신을 던지고 계속 긍정하는 몸짓 외에 다른 게 아니라는 것을, 설사 사랑이 혐오스러워 보인다 해도 우리는 그것 말고는 다른 선택지를 갖고 있지 않다는 것을 알게 된다.

5

어떻게 아이러니는
웃음과 긍정이 되는가

아름다움은 그 자체로 존재하는 사실이 아니다.
악에서 선을 보고 추에서 미를 보는 사람에 의해
아름다움이 도래하는 것이다.

꽃의 연약하고 섬세한 성질은 죄수의 거칠고 무감각한 성질과 본질적으로 똑같다. 나는 사랑 때문에, 사람들이 악이라고 부르는 것을 향해 모험을 계속해왔고, 그 때문에 감옥에까지 가게 되었다
— 장 주네*, 『도둑 일기』

잘 알려진 대로 성철 스님은 "산은 산이고 물은 물이다"라는 법어를 남겼다. 그의 법어는 너무나 평범하고 상식적인 탓에 난해했고, 그 때문에 도리어 사람들의 관심을 받았다. 종정 선출을 둘러싼 종단의 분규가 아물지 않았던 1981년 1월, 대한불교 조계종 제7대 종정에 취임한 성철은 조계사에 나타나지 않은 채 해인사 암자에 머무르며 취임문을 대독하게 했다. 취임문은 송나라 선사의 원문을 모방한 것이었다.

원각이 보조하니 적과 멸이 둘이 아니라
보이는 만물은 관음이요 들리는 소리는 묘음이라
보고 듣는 이 밖에 진리가 따로 없으니 시회대중은 알겠는가?
산은 산이요 물은 물인 것을.

법어에 따르면 세속은 '산은 산이고 물은 물'인 곳이다. 은둔한 자라면 그런 세속의 프레임을 거부할 것이다. 그러나 성철은 그 자리를 굳이 거부하지 않으면서, 그렇다고 기꺼이 그 자리를 욕망하지도 않으면서 종정이란 이름을 수락했다.

　　세속은 개념과 사물, 기표와 기의, 언어와 지시체가 일치한다고 가정된, 혹은 오인하는 세계, 즉 산=산, 물=물인 세계다. 이러한 인간 세계의 믿음은 너머의 세계, 즉 언어가 불가능해지는 세계, 인간의 이해로 환원되지 않는 세계를 배제함으로써만, 즉 사물이나 지시체를 지움으로써만 자율적이고 자족적이다. 철학적 의심이나 불교의 수행은 산(개념)은 산(사물)이 아님을 깨닫게 하는 데 언어를 활용한다. 즉 언어는 긍정적이 아니라 부정적으로, 개념과 사물의 어긋남을 가리키기 위해서 동원된다. 언어는 사물을 직접적으로 가리킬 수 있는 언어란 없다는 것을 나타내기 위해서만, 그런 불가능성을 표시하기 위해서만 작동한다.

　　성철의 '산은 산이고 물은 물'은 특수한 맥락에서 특수한 방식으로 발화되었다. 그는 불교의 최고의 이름 안으로 들어가면서, 굳이 세속의 종교를 거부하지 않으면서, 그러나 멀리 암자에 머무르면서, 대독자가 취임문을 대신 읽게 하면서, 송나라 선사의 원문을 모방하면서 세속의 상식을 반복했다. 성철의 그날 무대 연출을

* 　프랑스의 시인이자 소설가, 극작가.

어떻게 해석해야 할까? 산은 산이 아니고 물은 물이 아니라는 깨달음은 소수만이 알아들을 수 있다. 성철은 대중종교의 종정이 되는 자리에서 음성으로서의 자신의 권위는 거부한 채 문장(부재)으로서만 현존했다. 그는 심지어 남의 문장을 차용하면서 서울, 제도, 인간, 대중에게 필요한 평상심의 진리를 복기했다. 성철은 세속의 질서조차 어지러운 서울의 한가운데에서 종정의 자리를 비운 채 무엇인가를 가리키는 손가락이 되었다. 즉 아이러니가 되었다.

텅 빈 세상에 바치는 웃음

니체의 계승자 중 한 사람인 미셸 푸코는 『말과 사물』에서 사물을 인간이 합리적으로 이해할 수 있는 언어 체계로 대체한 근대를 계보학적으로 연구했다. 인간은 언어로 생각하고 표현해야 하는 사회 안으로 던져진다. 그렇기에 근대인은 '말하는 인간'이다. 그동안 사람들은 언어란 그 언어가 지시하는 사물과 내적이고 필연적인 관계를 맺는다고 가정했다. 그러나 근대의 언어는 언어가 의존하는 객관적 실재와의 관계("산은 산이고 물은 물이다")를 배제한 채 오직 언어와 언어의 관계 안에서만 이 세계를 표상한다. 그리고 이 언어와 언어의 관계는 동일률, 인과율과 같은 언어 자체의 원리에 의해 조율된다. 그러므로 손가락을 보지 말고 손가락이 가리키는 달을 보라고 하지만 근대인이 보는 것은 지시행위로서의 손가락이 전부다. 손가락은 무엇인가를 가리키고 있다는 것만을, 그것이 가리키는 게 '달'이라는 이름을 가졌다는 것만을, 우리가 이해할 수 있는 게 달은 해가 아니라는 점뿐이라는 것을 우리에게 전달한다.

　지시적 기능을 상실한 언어, 세계와 사물을 직접 가리키기보다는 자기 지시적 기능에 갇힌 언어는 이미 비어 있다. 언어의 의미는 객관적으로 존재하는 세계가 아닌 일시적인 맥락 안에서만 존재한다. 맥락을 벗어난다면 언어는 의미화되지 못할 것이다. 그렇기에 언어는 떠도는 기표, 흘러 다니는 소문이다. 근대는 닫힌 세계이고 사물과의 연관성을 상실함으로써 완전해진다. 그 세계의 주인으로 가정된 인간은 주어진 것, 인위적으로 구성된 것, 문화적인 것에 대해서만 유능할 뿐이다. 푸코의『말과 사물』은 근대라는 우물 안에서 자신의 힘을 절대적인 것으로 간주하는 인간들에게 근대의 유한성과 역사성을 인식시킨다. 18세기의 인간주의라는 배치와는 다른 담론의 배치를 서술하는 이 책은 "인간이 마치 해변의 모래사장에 그려진 얼굴들이 파도에 씻기듯 이내 지워지게 되리라고 장담할 수 있다"는 문장으로 끝난다. 근대는 파도에 씻겨 사라질 유약한 모래 그림이지만, 근대인은 그런 사실을 모른다. 근대인은 언어가 실체와 의미를 보유한다고 믿는다는 점에서, 언어의 소외를 모른다는 점에서 무지하다.

『말과 사물』은 푸코가 이 두꺼운 책을 쓰게 만든 동기였다고 고백하는 아르헨티나의 소설가 보르헤스의 산문의 일부를 인용하면서 시작한다. 이 세상을 거대한 책으로 간주하고 '도서관의 쥐새끼'처럼 책만 읽었던 보르헤스는 산문 「존 윌킨스의 분석적 언어」에서 『덕학천도(德學天都)』란 이름의 중국 백과사전의 동물분류법을 인용한다. 그는 데이비드 흄의 "언어로 된 우주의 분류치고 자의적이고 추상적이지 않은 것은 없는 것"이란 문장을 빌려 중국백과사전을 분류법의 하나로 받아들인다. 푸코는 중국 백과사전의 분류법이 자신의 사유의 전 지평을 산산이 부숴버리는 웃음을 불러왔다고 말한다.

동물은 다음과 같이 분류된다. a) 황제에게 속하는 것, b) 향기로운 것, c) 길들여진 것, d) 식용 젖먹이 돼지, e) 인어, f) 신화에 나오는 것, g) 풀려나 싸대는 개, h) 지금의 분류에 포함된 것, i) 미친 듯이 나부대는 것, j) 수없이 많은 것, k) 아주 가느다란 낙타털 붓으로 그린 것, l) 기타, m) 방금 항아리를 깨뜨린 것, n) 멀리 파리처럼 보이는 것.[1]

우리는 이 백과사전을 모른다. 이국인들의 백과사전의 분류법은 근대인의 분류법으로 환원되지 않는다. 그것은 중심으로 수렴되지도 내적 통일성을 갖지도 정합성을 보유하지도 않는다. 백과사전의 분류법은 텅 빈 채로만 동원된다. 여기서 논리적인 것은 열네 개의 항목을 열거하는 데 사용된 알파벳 a~n일 뿐이다. 그 것만이 이질적이고 이접적인 관계를 그나마 이어주는 틀로 작용한다. 프레임만, 형식만, 자리place만 존재하는 빈 장소site인 것이다. 중국 백과사전 속 104개의 동물들은 계속 차이를 드러내고 중심을 벗어나며 흐릿해진다.

거기서 우리가 확인할 수 있는 정체성, 얼굴, 개념으로서의 동물은 돼지 정도이고 k)의 낙타털 붓이나 n)의 파리처럼 흔적이나 인상으로만 남는 것이 대부분이다. 문장의 맨 끝에 위치해야 할 기타 등등은 열두 번째인 l)에 들어와 있다. 직선적이고 논리적인 순서, 수렴하면서 확산해야 할 논리는 중간에 들어온 기타 등등에 의해 허물어진다. 한마디로 엉망이다. 그렇지만 우리는 저 분류법에 등장하는 이상한 동물들, 얼굴이 씻겨 나간 동물들을 또 상상하게 된다. 우리는 이상한 프레임에 갇혀 있다. 어쩌면 당신은 '방금 항아리를 깨뜨린 것', '향기로운 것'인 동물을 찾아내려고 머릿속을 뒤지고 있을지 모른다. 당신은 '길들여진 것'이라는 항목에 포함될 수많은 동물들의 이름을 부르고 있을지 모른다. 그렇게 당신은 계속 방황하고 있을 것이다.

푸코를 따른다면 저기에는 "존재들이 병치될 수 있는 장소, 즉 무언의 기반이 제거되어 있다."[2] 기반은 눈앞에 보이지 않지만 보이는 것들을 안정화시키는 근원적인 것이다. 인식의 프레임, 맥락은 그렇게 보이지 않는 채로 보이는 것들을 절대적이거나 필연적인 것으로 구성한다. 저 분류법에는 바로 그런 기반, 맥락, 프레임이 존재하지 않는다. 그래서 진공 상태를 유영하는 먼지나 미립자처럼 개념들을 떠다니게 만듦으로써 우리의 사유의 지반을 뒤흔들고 우리는 불안으로 밀어 넣는다. 중력이 없는, 전제가 없는, 사유를 사유이게 하는 기반이 없는 저 무리는 기괴하고 당혹스럽다.

푸코는 저 분류법 앞에서 웃는다. 저것이 그를 헐겁게 만든다. 푸코는 보르헤스의 텍스트를 읽으며 "지금까지 가져온 나의 사유 ─ 우리의 시대와 풍토를 각인해주는 '우리 자신의' ─ 의 전 지평을 산산이 부숴버리는 웃음"을 지었다고 말한다. 푸코는 자신의 웃음을 이렇게 설명했다. "존재물의 무질서한 우글거림을 완화해주는 정돈된 표면과 평면을 모조리 흩어뜨리고… 우리의 시대와 우리의 지리가 각인되어 있는 사유의 친숙성을 깡그리 뒤흔들어 놓는 웃음"이라고.[3]

진지한 삶과 사유는 굳건한 기반의 우연성에 무지한 채 그 사유의 내용에 포획당하는 태도에 다름 아니다. 진지한 사람, 웃지 않는 사람은 바위 같은 기반의 존재를 이미 항상 받아들인 자들이다. 그들은 자신이 믿고 실천하고 지지하는 것들이 절대적이고 자연적이라고 확신한다. 진지한 자들은 웃지 않는다. 그들은 그 기반이 모래처럼 허약하다는 것을, 그러므로 진지함을 뒷받침하는 기반이 없다는 것을 모른다. 웃음은 존재와 언어, 정체성과 가면, 안과 겉, 믿음과 진리 사이가 헐겁다는 것을, 거기에는 어떤 내적 필연성도 정합성도 존재하지 않는다는 것을, 아버지라는 이름 안에는 아버지가 없다는 것을, 산은 산이 아니라는 것을 보는 자의 반응이다.

웃는 자들은 존재하지 않는 전제, 우리를 속이는 전제를 본다. 웃음은 어긋나 있음을, 덜그럭거리고 있음을, 비어 있음을 보는 자들의 태도다. 웃음은 깨어 있지만, 의식과 언어를 사용해야 한다는 문화적 명령을 받아들이기는 하지만, 어떤 역할과 가치도 우연적임을 아는 이가 비껴 서는 형식이다. 웃는 자들은 채우고 기여하고 기다리고 싸우고 승리하는 이들을 권태롭게 바라볼 뿐이다. 키르케고르는 "나는 눈을 뜨고 실재를 바라보았다. 그때 나는 실재에 대해 웃음을 터뜨릴 수밖에 없었고 그 후로는 계속 웃음을 멈출 수가 없었다"라고 썼다. 그 역시 웃음은 이 텅 빈 세계에 대한 정직한 반응이라고 말한다. 가득 찬 세계에서는 주어진 무엇인가를 하는 게 의미 있지만, 텅 빈 세상에서는 의미 따윈 내려놓고 웃고 놀아야 하는 것이다.

1968년에 발간된 『현대미술: 그 철학적 의미』의 저자인 해리스는 그 자체로 텅 빈 이 세상을 놓고 취할 수 있는 행동 방식을 세 가지로 분류했다. 첫째, 이 세계가 텅 비어 있다면, 즉 이 세계를 총괄하는 어떤 의미도 가치도 없다면 그렇다면 우리에게는 무엇이건 할 수 있는 자유가 주어진다. 우리는 따라야 할 공통의 규범, 보편적 근거가 없는 세상을 자의적으로 횡단할 수 있는 것이다. 니체의 허무주의도 이 길에 선다. 둘째, 삶의 이유를 묻는 자아와 부재하는 대답 사이에서 더 이상 묻기를 포기하고 무로 넘어갈 수 있다. 자살, 자기 무화는 자신의 유한성을 부정하면서 무한성으로 넘어가는 방법이다. 그러므로 자살은 행위이고 결단이다. 셋째, 더 이상 묻기를 포기하고 그냥 주어진 것에 충실히 사는 것이다. 문화적 우연성을 절대적 보편성으로 받아들이는 것이다. 대중, 다수, 사회적 자아의 길이다.[4]

해리스는 첫 번째 방법을 독일 낭만주의 철학자들 이후로 지속된 아이러니 전략을 통해 예시한다. 진지한 자들은 올바르고 정확하게, 제대로 말하고 행동하는 데 몰두한다. 그들은 왜곡이나 오해에 저항한다. 그들은 비뚤어진 것, 모난 것, 왜곡된 것, 어긋난 것들을 교정하고 똑바로 세우려 한다. 그들은 사회가 불완전하고 붕괴될 위험에 처한 것은 그 사회를 떠받드는 체계가 더 이상 유효하지 않아서라고는 말하지 않는다. 대신 올바른 체계를 세우기 위해 더욱더 진지해져야 한다고 말한다.

믿는 자들은 자신의 믿음의 한계, 지평, 프레임의 문화적 우연성을 보지 않으려 한다. 교조적 믿음(도그마)은 종교와 철학과 정치 어디에서나 권력을 장악하고 자신을 영원한 본질로, 변하지 않는 가치로 절대화하려고 한다. 그렇기에 그들은 웃지 않는다. 웃음은 빈 곳을, 이 세계가 그 자체로 텅 비어 있음을, 가치와 믿음이란 만들어진 것임을, 그것은 '인간적인, 너무나 인간적인' 것임을 보는 자들의 재산이다.

아이러니스트 성철의 웃음

아이러니는 그 자체로 어떤 정당성도 필연성도 없는 유한한 가치와 믿음의 전제를 느슨하고 허술하게 만들어 내는 미적 전략이다. 아이러니스트들은 믿는 자들이 따르는 몰입에서 이탈한다. 그들은 우리의 얼굴이 가면임을, 우리의 언어가 사물에서 떨어져 나간 채 먼지처럼 떠다닌다는 것을, 인간은 '언제든 씻겨 지워질 모래사장에 그려진 얼굴'과 같은 것임을 보는 자들이다. 이것은 제대로 보는 것이 아니라 비스듬하게 보는 것이고, 열심히 잘 사는 것이 아니라 비스듬하게 얹힌 채로 사는 것이다.

수전 손택은 1960년대 뉴욕 문화계를 강타한 독특한 감수성을 '캠프camp'라고 부르면서 상당히 긴 분석을 시도했다. 손택의 관점 역시 아이러니의 계보에 속한다. 그녀는 진리, 아름다움, 진지함을 중시하는 부르주아의 고급문화와 달리 캠프는 탐미주의적이고 자기만의 독자적인 스타일을 강조한다고 말한다. 캠프는 그 자체로 어긋나 있다. "과장된 것, 벗어난 것, 제 상태가 아닌 물건을 선호하는" 캠프는 적합성과 정합성의 원칙을 따르는 존재방식을 단지 하나의 언어로, 기능으로 강등시킨다. 캠프는 "모든 것을 인용 부호 안에서 보고", "존재를 역할 수행자로 이해하기에", 즉 삶을 연극 무대에서 벌어지는 일시적인 연기로 간주하기에 캠프에게 램프는 "그냥 램프가 아니라 '램프'이고 그냥 여자가 아니라 '여자'이다."[5] 즉 자연스러운, 있는 그대로의 램프나 여자란 없다. 있는 것은 오직 특정한 맥락, 약속 안에서만 있다.

그렇기에 중요한 것은 어느 무대에서 언제 여자가 되고 램프가 되는가이다. 이름을 곧 하나의 정체성이나 실체로 간주하는 일은 그때그때의 상황, 조건에 달려 있을 뿐이다. 그러므로 우리는 비어 있는 이름, 텅 빈 기호, 무엇이든 들어와 앉을 수 있는 자리다.

아버지란 이름에 아버지가 없다면, 아버지는 그저 이름에 불과하다면 우리는 아버지를 존경하거나 두려워하지 않아도 된다. 여자라는 이름에 여자가 없다면 우리는 진짜 여자와 가짜 여자, 진짜 남자와 가짜 남자를 구분하는 데 그렇게 많은 시간과 에너지를 허비할 필요가 없을 것이다. 혹은 그때그때 상황에 맞춰, 혹은 상황을 비틀기 위해 연기를 하면 된다. 어느 경우는 진지하게, 어느 경우는 허랑하게, 어느 경우는 무의미하게 행동하면 되는 것이다. 그 행동 뒤에 진짜 사람이 있다고 생각하느라 너무 고통받지 않으면서. 내 연기가 거짓이라고 너무 자학하지 않으면서.

연기를 한 다음에는 그 연기를 잊고 다음 무대에 오르면 된다. 우리는 특정한 대본과 무대에 오른 배우들이니 이 역할의 일시성을 자기 자신으로 오인하는 대신, 그 가면을 즐기면 되는 것이다. 그래서 오스카 와일드의 문장처럼 "사람을 착한 사람과 나쁜 사람으로 나눈다는 것은 우스운 일이다. 매력적인 사람과 지루한 사람이 있을 뿐이다."[6)]

아이러니스트는 열심히 산다. 그들은 누구보다 열심히 지금-여기, 상황에 몰입한다는 점에서 진지하다. 그들은 이면에 아무것도 감추지 않는다는 점에서 순수하다. 캠프는 "세계를 시종일관 탐미적으로 체험하는 감수성이다. 캠프는 내용에 대한 스타일의 승리, 도덕주의에 대한 탐미주의의 승리, 비극에 대한 아이러니의 승리"다.[7)] 아이러니는 삶을 연극으로, 방랑으로 재구성하려는 이들이 엄격하게 실천하는 삶의 스타일이다. 즉 "아이러니즘은 본질적으로 자기 자신을 체계와 시속으로부터 점점 유배시키는 이방인적 사유의 결실이다. 자기 자신의 존재와 체험을 쉼없이 재서술하려는 아이러니스트의 욕망은 세속을 다차원적·다층적으로 구성하려는 번역적 감성이며 삶의 조건을 자연화시키려는 본질주의자의 욕심에 대한 견결한 저항이다."[8)]

믿는 자는 속는 자이고 다시 속지 않기 위해 남을 속이는 자이다. 아이러니의 탐미주의와 웃음이 저항인 이유는 그것이 자연스러운 것, 본질로 간주된 것을 도무지 받아들이지 않기 때문이다. 웃는 자들은 자연, 본질과 같은 것을 미적 유희의 대상으로만 여긴다. 그들은 자연과 본질과 사실이 지배하는 현실을 웃음으로 횡단한다. 그것은 비웃음이 아니다. 그들은 이 삶에, 이 연기에, 이 무대에 적극적으로 가담하고 놀라고 반응하는 이들이기 때문이다. 그들이 냉소적으로 보인다면 그것은 웃음을 경박하다고 생각할 때에만 그렇다.

*

나는 한국 불교계의 큰 스님인 성철 스님의 마지막 유언을 아이러니의 탁월한 사례로 재구성하고 싶다. 신실한 종교인을 탐미적 아이러니스트로 재배치하는 것이 불경스러울지도 모르겠다. 하지만 엉거주춤하게 무신론과 다신교 사이를 오락가락하는, 독실한 불교도도 진지한 종교인도 아닌 내가 성철을 불교에서 끄집어내 미적 아이러니로 재구성하는 것은 오히려 그를 더욱 다층적인 인간으로 만들기에 좋은 일일지 모른다. 아이러니는 무엇이든 심지어 자신마저도 횡단하는 태도다. 그러므로 불교를 아이러니로 불러들이는 작업은 그 나름대로 불교에 기여할지도 모른다.

내가 보기에 성철은 차이로서의 언어로 동일성으로서의 언어를 횡단하는 아이러니의 전략을 통해 자기 말에 책임을 지는 주인의 자리를 지워버렸다. 인간을 극복하기 위해 바닥에 눕지 않는 수행을 8년간 지속하고, 10년간 철망으로 둘러친 암자에서 홀로 용맹 정진 할 만큼 스님의 수행은 지독했다. 그런데 조계종 종정을 두 번이나 역임했던 큰 스님의 유언은 인간적 번민과 개인적 회

한으로 가득 찬 것이었다. 성철 스님은 존경받는 종교인의 전형을 이탈할 뿐 아니라 심지어 기독교인의 어휘인 죄, 구원과 지옥을 입에 올림으로써 불교 자체를 부정하는 엽기적인 만행을 저질렀다.

내 죄는 산보다 높고 바다보다 깊은데 내 어찌 감당하랴
내가 80년 동안 포교한 것은 헛것이로다
우리는 구원이 없다 죄 값을 해결할 자가 없기 때문이다
딸 필히와 54년을 단절하고 살았는데
임종 시에 찾게 되었다
필히야 내가 잘못했다 내 인생을 잘못 선택했다
나는 지옥에 간다.

속세의 인연을 끊었어야 할 스님이 마지막에 딸을 찾고, 자신의 80년 포교를 죄와 헛됨으로 일갈하고 지옥으로 간다고 말하는 이 온통 어둡고 부정적이고 유약한 문장은 스님의 사후 기독교에서 불교를 공격할 때 자주 동원된다. 상호 반목하는 거대 종교 중 하나인 불교의 최고 자리에 있던 사람이 기독교의 용어로 자신의 종교를 부정했기 때문이다.

성철은 우선 세속적 인간이 된다. 머리를 깎고 무색의 옷을 입는 의식이 부모 자식의 인연을 끊는 것, 아버지라는 이름을 버리는 것을 함축한다면, 그는 죽음 직전에 딸의 이름을 부름으로써

다시 애비가 되었다. 54년의 단절을 넘어서 그는 부모와 자식의 연을 다시 잇는다. 그는 딸의 이름을 부름으로써 깨달은 자의 자리에서 스스로를 몰아내고 실패를 자임한다. 그러고 난 다음 성철은 불교에서 기독교로 넘어간다.

그는 자신이 지은 죄와 80년 포교의 무의미를 고백한다. 신 앞에서 죄를 고백하고 구원을 받는 기독교의 의식, 프레임을 반복하면서 종정을 두 번이나 역임한 자신의 실수를 인정한다. 절대적 존재에 자신을 내맡기는 기독교와 달리 모든 인간을 부처로 받아들이는 불교에는 죄를 해결할 자가 없음을, 불교는 허약한 종교임을 인정한다. 자신의 실수와 죄를 고백하면서 성철은 "나는 지옥에 간다"고 말한다. 그는 이제 불교도가 아니라 기독교인이지만, 자신의 죄를 고백하였음에도 천국에 간다고 말하지 않는다. 그러므로 그는 기독교의 프레임 안으로 들어가서 기독교의 논리를 뒤집는다. 말하자면 기독교를 인용하지만 그것은 오직 기독교를 횡단하기 위해서이다.

유언은 사라지기 전에 하는 말이다. 어디로 가는지는 그가 믿은 프레임이 결정할 것이다. 그런데 성철은 마지막 말을 할 때 거의 모든 프레임을 인용하는 동시에 좌절시키면서 놀고 있다. 그는 이쪽에서 저쪽으로 넘어가는 중이다. 그러므로 그는 더 이상 성철의 얼굴로, 목소리로 존재하지 않을 것이다. 그는 무로, 바람으로, 텅 빈 존재로 어디든 가는 무명의 존재로 되어 가는 중이다. 그런 그가 기자가 보는 앞에서 읊은 마지막 말씀은 저런 어긋남으로서만, 즉 텅 빈 말로서만 존재한다.

제자들에게 "내 말에 속지 마라"고 말하곤 했다는 성철은 마지막에 자신의 프레임을 찢는다. 그는 불교 안에서 죽지 않았다. 그는 기독교로 넘어갔고 심지어 기독교의 맨 밑바닥에 제 발로 걸어 들어가겠다고 말한다. 지옥에 가려면 거짓말을 했어야 하고 죄를 지었어야 한다. 성철은 지옥불로 떨어지는 방법을 충실히 따라야 지옥에 갈 수 있다는 것을 안다. 마치 그곳이 기꺼이 가야 할 천국이라도 되는 것처럼 그는 자신의 죄목을 조목조목 나열한다. 그는 지옥으로 가는 중이다.

그러므로 성철은 아이러니스트다. 그는 기독교인들이 실재한다고 믿는 지옥이 사실은 하나의 기호, 이미지에 불과하다는 것을 드러내기 위해 지옥이란 단어를 (재)사용한다. 그는 언어를 저 바깥의 실체를 가리키는 도구로 사용하지 않는다. 그는 언어란 오직 그 언어를 공유하는 이들 안에서만 의미를 갖는다는 것을 안다. 성철은 불교라는 도그마, 허상을 거부하기 위해 다른 도그마이자 허상인 기독교로 넘어가고 또 기독교의 천국과 지옥이란 이분법을 찢기 위해 지옥으로 간다. 그는 그곳이 어디든 단지 이름일 뿐이라는 것을 잘 알기에 그리로 간다. 그는 사후 자신을 숭배할, 자신을 하나의 우상으로 만들, 자신을 생불로 만들 신도들에게서 자신을 거둬들였다. 그는 농담을 하고 홀연히 사라졌다. 존경받지 않기 위해, 이름으로 남지 않기 위해 자신이 썼던 이름을 더럽힌 뒤 사라진 것이다.

성철에 의해 불교와 기독교는 그저 하나의 이름, 교환가능한 허상으로 바뀐다. 심지어 그는 기독교인들의 두려움과 증오심이 투사된 지옥으로 자신을 던져 넣었다. 그는 자신의 이름(후광)을 바닥에 떨어뜨리고 찢어버린 뒤 표표히 사라졌다. 그는 어디로 갔을까? 그물에 걸리지 않는 바람이나 웃음으로 떠도는 것들은 장소를 갖지 않는다. 그는 죽음, 유언과 같은 무거운 말을 한낱 농담으로, 속이기 위한 장치로 활용했다. 덕분에 죽음도 유언도 대단한 것이 아니게 되었다.

루이스 캐롤의 『이상한 나라의 앨리스』에 나오는 "인생의 진정한 슬픔을 깨달은 자가 웃음의 신에게 주는 선물"이라는 문장을 보자. 이어서 "고양이는 이번에 아주 천천히 사라졌다. 꼬리에서 시작해서 웃고 있는 입으로 끝났는데 웃고 있는 모양은 고양이가 사라지고 나서도 한동안 남아 있었다. 이런! 웃음 없는 고양이는 자주 봤는데 이제 고양이 없는 웃음이라니. 지금까지 본 것 중에서 제일 신기하네"란 문장도 살펴보자. 웃음은 뒤에 행위자가 없어도 있는, 나타남과 사라짐을 동시에 실연하는 흔적이다.

성철의 자기 무화는 웃음을 남긴다. 불교는 그를 진지한 종교인으로 보존하고자 할 것이다. 반면에 기독교는 그것을 성철이 불교를 부인한 증거로 활용할 것이다. 그러나 성철은 자신의 유언을 통해 자신의 사라짐 뒤에는 어떤 실체도 남지 않으리라는 것을, 흔적으로서의 웃음이 허공에 걸려 있을 것임을 증언한다. 우리는 이제 지금껏 본 것 중 제일 신기한 것, 고양이 없는 웃음, 얼굴 없는 웃음, 출처 없는 웃음, 성철 없는 성철의 웃음을 본다. 그물에 걸리지 않는 바람 같은 웃음을.

장 주네의 긍정 — 죄수와 꽃은 하나다

나의 탄생이 나와 무관한 것이었음에도 내가 살기 위해서는 주어진 세계에 적응해야 했기에, 그 적응이 무조건적이고 강제적이었기에 나의 몸에는 엄청난 폭력과 고통이 각인되어 있다는 것. 예술가-우울증자들은 그렇게 학대당한 몸을 위해 부정적인 언어를 생산한다는 것. 긍정적인 언어를 계속 자기 것으로 만들려는 강박이 우리의 삶을 영원히 소외의 상태로 지속시킨다는 것. 나는 하나의 이름, 텅 빈 자리, 루머, 가면, 무로서 실존한다는 것. 우리는 실체 없는 명사로 떠도는 이 가볍고 가여운 삶을 위해 다른 언어, 시를 배우고 느껴야 한다는 것. 우리는 텅 빈 이름일 뿐이기에 웃을 수 있다는 것. 죽음은 삶의 끝이라고들 하지만 우리는 이미 죽어 있기에 사실상 죽지 않는다는 것. 이 삶이라는 가짜, 이 삶이라는 농담을 너무 진지하게 받아들이지 말자는 것. 이 삶은 우리에게 놀이, 축제, 유희로서 정당화되어야 한다는 것…… 그게 내가 이 책에서 줄곧 해 온 이야기다.

지금 행복한 사람들은 이 책을 이미 덮었거나 펼치지도 않았을 것이다. 하지만 지금 불행한 사람들은 계속 살 이유나 불행할 권리를 갖게 되었을 것이다. 나는 어떤 행복으로도 덮을 수 없는 불행 혹은 틈새에 대해 말했다. 이 잔인하고 냉혹한 세계에서 자기 몸 하나 덮어 줄 제대로 된 언어가 없어 계속 떨고 아프고 춥고 병든 몸으로 인해 계속 다른 말, 다른 세상을 간구하는 이들의 불행 말이다. 이때 모국어로는 환대받지 못하는 이들을 위해 발명된 것이 바로 외국어 같은 말, 시일 것이다.

이제 이 책의 마지막 장은 불행자랑 대회 같은 게 있다면 만장일치로 최고상을 받을 만한 사람이 차지한다. 고아에 동성애자인 장 주네는 도둑질을 하고 몸을 팔면서 생계를 이었다. 그는 정규교육을 받지 않은 채 계속 책을 읽었고, 우연히 감옥에서 자신이 끄적거린 문장이 시라는 것을 알게 된 이후 시인, 소설가, 희곡작가로 계속 장르를 바꾸며 글쓰기를 이어 갔다.

말년의 그는 행동주의자로서 소수자들의 인권 투쟁에 헌신했다. 주네를 감옥에서 빼내고자 계속 구명 운동을 벌인 지식인 중한 사람인 사르트르는 『성 주네: 배우와 순교자』라는 책을 썼다. 그는 작가가 된 뒤에도 도둑질을 멈추지 않았던, 즉 자신의 실존의 자리를 계속 유지하고 긍정했던 주네를 '스스로 가치체계를 창조한 절대적 자유주의자'라고 불렀다. 이토록 자명한 세계에서 태어날 때부터 거부당한 주네는 이 세계에 사랑을 간구하는 대신에 "나도 나를 거부한 세계를 단호히 거부"[9]한다고 선언했고 그것을 글쓰기와 행동으로 일관했다.

10대 후반을 소년원에서 보내고 유럽 전역을 유랑하면서 도둑질과 매춘으로 20대를 보낸, 감옥과 항구, 길거리, 허름한 여관을 전전한 주네는 『꽃의 노트르담』, 『장미의 기적』에 이은 세 번째 소설 『도둑 일기』에서 자신이 그 시절 사랑한 도둑들, 동성애자들과의 관계를 중심으로 국경을 넘나들었던 시기를 기록한다. 버림받은 아이, 가난하고 비천한 사내, 폭력과 배신의 한가운데에서 살았을 주네라면 사회에 대한 분노와 적개심은 자연스러웠을 것이라고 추측할 수 있다. 그런데 주네는 분노하지 않는다. 그는 "우리를 혐오스럽게 멀리 피하는 저 부자들에 대해 한 번도 증오심이나 질투심을 가져본 적이 없었다"[10]고 고백한다.

주네는 부자에게는 '부의 법칙'이 있듯이 자신들에게는 '복종과 비굴의 수칙'이 있을 뿐이라고 담담하게 말한다. 그는 각자 자신의 운명에 충실하게 살아갈 뿐이라고 이야기한다. 우리는 여기서 복종이나 비굴이란 단어의 뉘앙스가 사회적 의미를 벗은 채 텅 비어 있음을 쉽게 알아차릴 수 있다. 부자가 자존감이 높듯이 가난한 이들은 비굴함이 '높은' 것이다. 가난한 이의 복종과 비굴은 부자의 부의 법칙처럼 일종의 수칙이고, 그렇기에 동등하다. 가난한 자의 비굴에 역겨움을 느낀다면 우리가 부자의 시선을 각인했기 때문이다. 주네의 자리에서 보는 이 세상은 존재하는 모든 것이 저마다 존재할 권리가 있는, 모두가 동등하게 자신의 삶을 살아가는 평면이 된다. 그는 판단을 유보한 채 들뢰즈의 내재성의 윤리가 그렇듯이 그저 무심하고 심지어 따뜻한 시선으로 이 세상을 느끼고 사랑한다.

> 애정을 갖고 바라보는 나의 시선은 개별적 인간을 어떤 물건으로 간주하는 것과 같은 이상한 모습과 구별해준다. 그것은 아무리 겉모습이 이상하게 보여도 모든 행동에 대해서 그것을 깊이 통찰하는 일 없이 단번에 정당화시키고 있음을 체험했다. 아주 이상하게 보이는 몸짓들이나 태도들은 아마도 내부적으로 어떤 필연성을 지니고 있는 것이 아닐까 하는 생각이 들었다. 아무튼 나는 타인을 조소할 줄 몰랐다. 매 순간 귀에 들려오는 이야기들이 아무리 특수한 것이라 해도 나에게는 언제나 적절한 것으로 들렸다.[11]

주네는 모든 존재를, 모든 존재의 방식을 사랑하는 사람이다. 이 사랑은 어머니 가브리엘 카미유 주네로부터 물려받은 주네라는 성이 불어로 금작화(金雀花)를 뜻하기 때문일지도 모른다. 주네는 금작화, 가시가 많고 노란 금작화다. 벌판을 뒤덮은 금작화에 공감하면서 주네는 몽상가가 되었고 이미지를 만드는 힘을 갖게 된다.

나는 1910년 12월 19일 파리에서 태어났다. 나는 빈민가 구제소에서 후견하는 미성년 고아였기 때문에 호적에 기록된 사항 외에는 나에 대한 다른 사실을 알아내기 어려웠다. 나는 스물한 살이 되어서야 비로소 출생증명서를 취득했다. 어머니의 이름은 가브리엘 주네였고 아버지의 이름은 빈칸으로 남아 있었다. 내 출생지는 아사스 거리 22번지였다. (…) 나를 길러준 것은 프랑스 중부 모르방 산맥의 농부들이었다. 들판에서, 특히 황혼 무렵 질 드 레*가 살았던 티포주의 폐허에 다녀올 즈음 금작화 꽃들을 보기라도 하면 나는 깊은 연민sympathie profonde을 느꼈다. 나는 그 꽃들을 사랑의 마음으로 극진하게 들여다보곤 했다. 내 마음의 동요는 자연의 모든 것으로부터 자극을 받아 생긴다. 나는 이 세상에서 유일한 존재였다. 내가 왕이 아니라고 단언할 수도 없다. 아마도 나는 그 꽃들의 요정일지도 모른다. 내가 곁을 지나갈 때 그 꽃들은 비록 고개를 숙이지 않았지만 나를 알아보고 경의

---

*   백년전쟁 당시 잔다르크와 함께 싸웠던 질 드 레는 앞서 김언희의 시를 분석할 때 인용했던 샤를 페로의 잔혹동화 『푸른수염』의 모델로도 알려져 있다.

를 표했다. 그 꽃들은 내가 살아있으며 민첩하게 움직이는 그들의 대표라는 것, 그리고 바람의 정복자라는 것도 알고 있었다. 그 꽃들은 자연의 상징물이지만 나는 질 드 레에 의해 찔리고 학살되고 불태워진 아이들과 청년들의 뼛가루를 마시고 자란 꽃들의 후손, 프랑스 땅에 뿌리를 내린 후손이다. (⋯) 나의 이름을 가지고 있는 그 식물에 의해 세상의 모든 식물이 친밀하게 느껴졌다. 내가 바셰르의 범죄사건에 가담하게 된 것은 어쩌면 세벤 산맥의 가시 많은 그 식물 때문일 것이다. 나의 이름을 가지고 있는 그 식물에 의해 세상의 모든 식물이 친밀하게 느껴졌다. 나는 측은한 감정_{pitié} 없이 그 꽃들을 모두 관찰할 수 있었다. 그 꽃들은 내 가족이기 때문이다.[12]

꽃으로부터 온 주네, 집도 절도 친구도 없이 들판에서 꽃들에게 공감하고 꽃들에게서 왕, 요정, 바람의 대표자라는 칭호를 받은 주네는 자신의 도둑질이 금작화 때문이라고, 사랑 때문이라고 괴이하게 말한다. 소설의 첫 문장부터 그렇다.

죄수복은 분홍색과 흰색 줄무늬로 이루어져 있다. 만약 내 마음의 명령에 따라, 내가 좋아하는 세계를 선택할 수 있다면, 나는 거기에서 내가 원하는 만큼 많은 의미를 찾아낼 수 있는 힘을 갖게 될 것이다. 가령 '꽃과 죄수는 서로 밀접하게 연결되어 있다' 같은 의미 말이다. 꽃의 연약하고 섬세한 성질은 죄수의 거칠고 무감각한 성질과 본질적으로 똑같다. 나에게 죄수나 범죄자를 묘사해 보라고 한다면, 나는 그들이 완전히 보이지 않게 될 때까지 수많은 꽃으로 그들을 장식할 것이고, 그러면 그들은 다른 것들과 전혀 다른, 새롭고도 커다란 꽃으로 피어날 것이다. 나는 <u>사랑</u> 때문에, 사람들이 <u>악</u>이라고 부르는 것을 향해 모험을 계속해왔고, 그 때문에 <u>감옥</u>에까지 가게 되었다(강조는 필자).[13]

주네가 '이 책의 근본 주제'라고 공언한 '배반, 절도, 동성애'를 기술하는 『도둑 일기』는 죄수복의 분홍 바탕과 흰색 줄무늬로부터 시작한다. 몽상가 주네, 고아로 들판에서 자란 주네는 바깥 사회의 규범을 모른다. 그는 대신 자신의 마음이 이끄는 대로 자신이 좋아하는 세계를 선택하는 데에, 자신의 욕망만큼 많은 의미를 찾는 데에 몰입한다. 그렇게 해서 그가 찾아낸 의미, 아니 이미지 중 하나가 꽃과 죄수의 밀접한 연관성이다. 그에게 연약하고 섬세한 꽃과 거칠고 무감각한 죄수는 본질적으로 똑같다. 주네 자신이, 주네의 삶이 바로 그런 극과 극의 동등성을 증명한다.

주네에게서 모순은 합으로 지양되지 않는다. 그보다 그는 모순이 대등해지는 장소가 된다. 이미 항상 꽃인 주네는 이 사회 속에서 죄수다. 그는 상극인 두 개의 이미지가 합류하는 곳에서 살아간다. 충돌을 수렴으로 횡단하는 주네에게는 몽상이, 상상력이 있다. 그는 자신의 운명을 사랑하고 긍정한다. 그는 모든 것을 그 자체로 받아들이는 재능을 갖고 있다. 금작화 주네의 도둑질과 투옥의 기저에는 사랑이 있다. 그는 사랑하는 자다. 그는 나누고 규정하고 분석하고 서열화하고 판단하는 초연한 판관이 될 수 없다. 그는 늘 사랑에 빠져 있기 때문이다. 도둑놈들 사이에서 살아가는 주네에게 사랑은 폭력, 배신과 겹치고, 그 사랑은 그를 감옥으로 이끌었다. 그는 도둑질 자체에는, 소유에는 관심이 없다. 도둑질은 그가 사랑하는 사람들을 만나는 곳에서 벌어지는 방식일 뿐이다. 그래서 그는 대체로 감옥에 있다.

사랑에 빠진 사람은 기적을 일으키고 기적을 보는 사람이다. 사랑은 눈을 멀게 하고 죽었던 몸을 일으킨다. 사랑은 어디든 갈 수 있고 어디서든 잠들 수 있게 한다. 사랑은 네가 있는 곳으로 가는 것 외에, 네 몸에 도달하는 것 외에 다른 게 아니다. 여기서 주네의 사랑은 몸의 아름다움에 국한된다. "내가 범법자들을 사랑하면서도 그들의 육체적 아름다움 이외의 어떤 아름다움도 받아들이지 않는 사랑을 한다고 말한 바 있다."[14] 정신적 사랑은 멀리서도 할 수 있다. 주네가 감옥에 가는 것은 그의 사랑이 사랑하는 자—몸을 향해 있기 때문이다.

그는 그 몸, 그 사람에 도달하기 위해 그 사람의 행위, 삶을 따른다. 그의 악행은 근본적으로 사랑에 근거한 것이기에 윤리적이다. 주네는 악의 한가운데에서 사랑을 느끼는 사람이다. 사랑하는 자는 자신의 사랑이 세속의 방법이 아닐 때 자신의 내적 명령만을 자기 행위의 준칙으로 삼는다. 그의 악행, 혹은 그의 사랑의 윤리의 주체는 바로 그 자신이다.

나에게 가르침을 주고 내 삶을 이끌어 온 것은 나의 체험이 아니라 그 체험을 이야기하는 태도였다. 모든 행위를 미적 관점으로만 보고 있던 나로서는 그의 말을 이해할 수 없었다. 도덕주의자들은 나의 행동을 악의라고 불렀다. 그런데 그들의 선의는 나의 악의와 충돌하면서 산산이 부서졌다. 사람들에게 해악을 끼치는 어떤 행동들은 증오의 대상이 된다는 것을 그들이 증명해 보여줘도 나는 단지 마음 깊은 곳에서 울리는 노래를 통해서 그 행동들이 아름다운 것인지 혹은 우아한 것인지 판단할 것이다. 오직 나만이 그것을 수용할 것인지 거부할 것인지 결정할 수 있다. 어느 누구도 나를 정해진 방향으로 이끌고 갈 수 없다. 다른 이가 내게 할 수 있는 일이 있다면 그것은 나를 다소간 예술적으로 재교육시키는 정도에 국한될 것이다. 하지만 다른 이, 둘 중에 보다 더 아름다운 사람이 상대를 교육시키는 것이라면 그 다른 이는 나의 주장을 납득하고 따라오는 위험을 감수해야

할 것이다.[15)

　주네의 사랑은 고행이다. 그는 그를 비난하고 벌주는 사회에서 자신의 윤리를 계속 실천한다. "도둑질을 없앨 수는 없는 것이기에 나는 그것을 윤리적 완성의 근원으로 삼기로 결심했다."[16) 이것이 니체가 말하는 '운명애'다. 주네는 자신의 운명에 분노하거나 부끄러움을 느끼지 않는다. 그는 주어진 운명을 수긍하는, 사랑 외엔 어떤 다른 가치도 없는 가난한 사람이다. 그래서 그는 도둑질을 사랑의 윤리의 근원으로서 있는 그대로 받아들인다. 대신에 도둑질은 그가 세운 '법'이기에 철저히 지켜야 한다. "인간은 누구나 자신의 행위가 완성될 때까지 그것을 추구해야 한다. 그것의 출발점이 무엇이었든 그 끝은 아름다워야 한다. 어떤 행동이 추잡해 보이는 것은 그것이 아직 완성되지 못했기 때문이다."[17) 타협은 없다. 삶은 하나의 '작품'이 되어야 한다. 삶은 미적으로 완성되어야 한다.

　이 책의 어조는 가장 사악한 정신이 아니라 가장 훌륭한 정신으로부터 분노를 살 염려가 있다. 나는 추문들을 불러일으킬 생각이 없다. 단지 여기서 몇몇 젊은이들에 대해 기록하고 있을 뿐이다. 나는 그들이 이 기록을 여러 고행들 중에서 무엇보다도 가장 섬세한 고행의 위탁물로 간주해주기를 바란다. 고행을 경험하는 일은 괴롭다. 그리고 나의 고행은 아직 끝나지 않았다. 이 고행의 출발점이 낭만적인 몽상이었다 할 지라도 그런 것은 중요하지 않다. 중요한 것은 수학문제를 풀 듯이 진지하게 작업을 하고 거기서 하나의 예술품을 창조하 는 데 쓰일 자료를 추출하는 일, 혹은 모든 인간의 언어 중 가장 아름다운 언어라는 것 외에는 다른 뜻이 없는 이 '성스 러움'에 근접하는 완벽한 윤리적 완성에 필요한 자료를 얻어 오는 일이다. 그리고 아마 그 윤리적 완성이 실현된다면 그 자료들 자체는 용해되고 소멸될 것이다.[18]

주네는 작가가 아닌 '성자'가 되고 싶은 사람이다. 주네에게 '성스러움'은 "인간의 가장 고상한 정신적 태도"[19]를 가리키는 말 이다. 인간의 한계를 뛰어넘는 극소수의 인간들인 성자는 박해를 받으면서도 고행을 멈추지 않는다. 성자는 인간 세상의 거짓됨, 잔 인함, 헛됨을 증언하는 자다. 그가 이 소설에서 추구하는 것은 '불 가능한 무가치성impossible nuillité'이다. 세상의 가치를 무화시키는, 그 러나 세상의 언어로 말해져야 하므로 절대성에 이를 수 없는 무가 치성, 그럼에도 계속 말할 수밖에 없는 무가치성이다.[20] 그 불가능 한 무가치성이 주네 스스로 "내가 모르는 그 성스러움"이라고 말 하는 것이다. 그것을 위해 일생을 헌신한 그가 거기에 도달하기 위 해 할 수 있는 행동은 악을 철저히 일관되게 실천하는 것뿐이다.

그에게 선의 실천은 불가능하고 심지어 그 선은 이미 선이 아니다. 윤리적 선은 기성 사회의 도덕적 선으로 오염되었기 때문이다. 남은 행동은 꽃과 죄수가 하나이듯이 선과 악이 이미 하나임을 간파하고 악에 충실하는 것뿐이다. 따라서 그의 소설은 문학이라는 외양을 갖고 있을지라도 독자에게서 이해를 구하거나 메시지를 전달하는 데 목적을 두지 않는다. 그에게 글쓰기는 "알려지지 않은 질서를 확립하기" 위한 것이다.

그것을 위해 주네는 세상의 순서를 뒤집고, 뒤집힌 세상에 아름다움을 부여한다. 그는 아름다움을 보고 느끼는 사람이기 때문이다. 그래서 "도덕적 행동의 아름다움은 그 표현의 아름다움에 달려 있다. 아름답다고 말하는 것은 이미 그것이 아름답다는 사실을 단정 짓는 것이다. 그 뒤에는 그것을 증명하는 일만 남는다. 그것은 바로 이미지의 역할이다."[21] 아름다움은 그 자체로 존재하는 사실이 아니다. 아름다움은 말하는 사람, 노래하는 사람, 표현하는 사람에 의해 사후적으로 출현한다. 세상 자체가 아름다운 게 아니다. 사랑에 빠진 사람, 악에서 선을 보고 추에서 미를 보는 사람에 의해 아름다움이 도래하는 것이다. 행위가 아니라 행위에 대한 말하기가 먼저다. 행위는 말하기에 의해, 시에 의해 아름다워진다.

행위는 그 자체로는 아무것도 아니다. 묘사와 언어가 행위를 정당화하는 것이다. 여기서 주네가 관심을 갖는 것은 세상에 존재하는 더럽고 추하고 악한 것들이다. 이 소설은 바로 그런 자리들, 그런 삶들, 그런 행위들에게 그 자체의 아름다움을 돌려주려는 시도다. 그러므로 이것은 고행이다. 그 자체로 무가치한 일이다. 그러나 주네는 바로 그런 무가치한 고행을 일종의 윤리적 완성으로서 수행한다. 그것이 그가 모르는, 묘사할 수 없는 '성스러움'에 충실한 방법이다.

나는 언제쯤 나 스스로 빛이 되는 이미지의 중심으로 도약할 수 있을까? 당신들의 눈앞에까지 전달해주는 그 빛의 이미지 말이다. 나는 언제 시 한가운데에 있게 될까? 나는 성스러움과 고독을 혼동함으로써 이성을 잃는 위험에 빠져 있는지 모른다. 그러나 지금 이 문장에 의해 제거하기를 원하는 기독교적 의미로서의 성스러움을 다시 거기에 부여하는 위험을 감수하는 것은 아닐까? 이러한 투명성의 추구는 공허한 것일지 모른다. 그것에 도달했을 때 투명성은 휴식일 것이다. 우리가 나이기를 포기하고 당신이기를 포기한다면 그 경우에도 존속하는 미소는 사물들에 놓여진 미소와 동일한 미소일 것이다.[22]

이미지는 실체가 아니다. 이미지는 빛의 세상에서 망막에 맺힌 상, 그러니까 가짜다. 그런데 주네는 망막에 맺힌 상이 전제하는 대상, '진짜'에는 관심이 없다. 그는 이미지로부터 이미지 너머의 실체로 가려는 움직임을 따르지 않는다. 시인 주네는 가짜에 속고 아름다움에 매혹당하는 데 일생을 허비한다. 이미지는 실체가 저기 바깥에 있어서가 아니라 빛이 있기 때문에 존재한다. 그러므로 이미지를 창조하는 시인은 좀 더 높은 곳을, 이미지들의 중심에 있는 빛을 향한다.

주네는 빛이 되고 싶어 한다. 그리고 빛은 그 자체로 성스럽다. 주네는 자신이 욕망하는 성스러움이 기독교의 성스러움을 반복하는 위험을 내포하고 있음을 안다. 주네의 성스러움은 너머의 세계, 초월적 세계를 향한 욕망이 아니다. 그는 현세에 머무르려고 할 뿐이다. 대신에 이미지에 매혹당하는 자신이 빛 자체가 되었으면 하고 바랄 뿐이다. 사랑하는 사람은 이미지에 매혹당하는 자이고 시인이 되는 자이다. 미학적인 동시에 윤리적인 완성을 꿈꾸는 이 고독한 시인은 아무것도 감추지 않은 빛, 모든 것을 빛나게 하는 빛의 투명성에 이르고 싶어 한다. 그때서야 고행은 끝날 것이고 휴식이 있을 것이다.

주네도 미소를 말한다. 그 미소는 존재하는 모든 것들을 이어주고 동등한 것으로 만들어 준다는 점에서 텅 비어 있다. 우리가 더 이상 자기 자신이 아닐 때, 그러므로 우리가 사물과 동등해질 때, 더 이상 인간도 비인간도 구별되지 않을 때, 모두 빛나는 꽃이 될 때 남는 것은 미소뿐이다. 미소는 비천한 주네가 찾아낸 보편

적 아름다움의 상징이다. 존재하는 모든 것들에 대한 따스한 긍정
이다.

:

성장은 어른 되기가 아니다

나는 원고를 끝낸 뒤 운 좋게도 드라마 〈왕좌의 게임〉의 배우 피터 딘클리지의 인터뷰를 읽게 되었다. 이 135센티미터의 작은 남자는 자신의 문제를 밖으로 튕겨버리는 데 유머가 얼마나 좋은 무기가 되었는지를 다음과 같이 밝혔다. "더 젊어서는 확실히 문제를 내게 전가했다. 청소년기에 나는 늘 화가 났고 원한에 차 있었다. 그러나 나이가 들어가면서 당신은 바로 유머 감각을 가져야 한다는 것을 알게 된다. 당신은 그게 당신의 문제가 아니라는 것을 알게 되는 것이다. 문제는 그 사람들의 것이다."

딘클리지는 내가 이 책에서 거듭 이야기했던 것을 단 몇 문장으로 요약했다. 그는 세상 사람들이 경멸했던 약하고 모나고 불완전한 자신을 경멸의 자리에서 빼내는 데 유머가 훌륭한 수단임을 깨달았다. 문제는 내가 아니고 그들에게 있음을, 문제는 자신을 주체subject라 생각했던 신민subject들의 개념-찌꺼기였음을 알아차렸다. 그런 깨달음은 그가 자기 삶을 포기하지 않았기에 가능했을 것이다. 그는 자신이 난쟁이라는 '부정적인' 사실에 영향을 받지 않았다. 분노와 수치심을 내면화하는 대신에 그는 작은 남자에 대한 유머를 배웠다. 자기를 잃는 대신에 자기를 보충할 언어를 배운 것이다. 작은 남자가 작은 남자에 대한 유머를 배우는 것은 자기 자신을 사랑하는 '긍정적인' 방법이다. 작은 남자가 큰 남자들을 위한 언어를 배우는 데 그쳤다면 그는 계속 "화가 났고 원한에 차 있었을" 것이다.

유머, 웃음, 희극, 가벼움, 농담은 주체화와 대상화의 상호(공모)적 관계에서 빠져나온 이들의 것이다. 청소년, 여성, 동성애자, 장애인, 약자인 당신이 되찾아야 할 능력이다. 비스듬하게 놓여 있는 이들이 이 세상에 똑바로, 제대로 들어가지 않기 위해 활용해야 할 전략이다. 웃음은 주체의 언어, 경멸과 분노와 폭력의 언어를 무력화하는 무기다. 영화 〈좋지 아니한가〉에 나오는 엉망진창 집안의 아들내미가 "아니 어린 게 눈을 동그랗게 뜨고 어른한테?"란 질 낮은 말에 대해 "그럼 눈을 동그랗게 뜨지, 아저씨는 네모낳게 뜰 수 있어요?"라고 반문하는 것처럼.

모든 존재는 그 자체로 하나의 별이고 우주다. 있는 그대로의 나와 화해하는 게 모든 이들을 위한 생존법은 아니다. 우리는 모국어를 소재로 자신의 삶과 존재를 위한 옷을, 집을, 장소를 만들어야 한다. 설사 그곳이 모국어가 옷, 집, 장소라고 부르지 않는 곳이라고 해도 우리에게 경멸과 분노, 폭력을 가르치는 세상에서 사랑하고 웃고 울 곳을 만들어야 한다. 헤테로토피아, 틈, 혹은 비장소non-site로 불리는 그곳을 말이다. 성장은 어른과는 반대로 가는 것이고, 그들을 딛고 가는 것이다. 즉 성장은 다른 언어를 배우는 것이다. 당신이 겪고 있는 시련은 삶의 포기가 아닌 당신을 위한 새로운 언어를 요구한다. 당신은 당장 시작해야 한다. 섹스 피스톨스의 노래 〈Anarch in the U.K.〉의 맨 처음 가사처럼, 롸잇나우!

프롤로그 | 당신, 그러므로 우리에게

1) "고향을 감미롭게 생각하는 사람은 아직 허약한 미숙아이다. 모든 곳을 고향이라고 느끼는 사람은 이미 상당한 힘을 갖춘 사람이다. 그러나 전 세계를 타향이라고 느끼는 사람이야말로 완벽한 인간이다." 12세기 신비주의 철학자 생 빅토르 위고의 문장이다. 에드워드 사이드, 『오리엔탈리즘』, 박홍규 옮김, 교보문고, 1991, 453쪽에서 재인용.

1. 사라지는 아이들을 위하여

1) 장 아메리는 자살을 자유죽음Freitod으로 고쳐 불러야 할 이유를 『자유죽음−삶의 존엄과 자살의 자유에 대하여』(김희상 옮김, 산책자, 2010)에 적었고, 스스로도 자유죽음을 선택했다.
2) 김행숙, 「칼−사춘기 3」, 『사춘기』, 문학과지성사, 2003, 81쪽.
3) 황성연, 「청소년 흡연·음주 행위의 원인에 대한 비행이론적 접근: 일반긴장이론과 사회학습이론을 중심으로」, 『보건과 사회과학』 32권, 2012,

한국보건사회학회.

4) Phil Cohen, "Subcultural Conflict and Working-Class Community", edited by Ken Gelder, *The Subcultures Reader*(Oxford: Routledge, 1997), p. 93.

2. 내 이름은 처음부터 내 것이 아니었다

1) 우울증은 근대 사회에서 살아가는 인간이라면 누구나 겪는다. 그런 점에서 근대인은 모두 우울증자다. 우리 근대인은 자신의 이름 속에 자신이 없다는, 자신의 삶에 자신이 없다는, 그러나 그 부재하는 자신을 어떤 것도 채울 수 없다는 사실을 아는(그래서 병을 앓는) 자들이다. 우울증자는 "그가 단 한 번도 소유해 본 적이 없는 '그것'의 상실을 연기(演技)하고 있고, 동시에 그것의 회복을 끝없이 연기(延期)한다"는 김홍중의 분석은 진정한 인간이란 우울증자라는 것을 확인시켜 준다. 우울증자는 삶이 낫지 않는 병이라는 것을 증언하고 그런 삶을 보호한다. 김홍중, 「멜랑콜리와 모더니티」, 『마음의 사회학』, 문학동네, 2009.

2) 김소연, 「바로 그때입니다」, 『극에 달하다』, 문학과지성사, 1996, 18쪽.

3) 미학에서는 미와 숭고의 차이를 이야기한다. 사회적인 의미의 행복은 이 중 미에 더 가까워 보인다. "버크는 인간에게 두 가지 근본 충동이 있음을 강조한다. 그 하나는 자신의 독자적 존재를 유지하려는 것이요, 다른 하나는 사회 속에서 모여 살려는 충동이다. 숭고의 감정은 전자에 의존하고 미의 감정은 후자에 의존한다. 미는 결합하고 숭고는 해체한다. 미는 사교와 친교에 알맞은 형식을 만들어내고 예의범절을 우아하게 함으로써 인간 사회를 교화시킨다. 숭고는 자아의 가장 깊은 곳까지 파고 들어가서 이 깊은 자아를 자신의 것으로 온전히 체험케 해준다." E. 카시러, 『계몽주의 철학』, 박완규 옮김, 민음사, 1995, 437~438쪽.

4) 모리스 블랑쇼, 『정치평론 1953~1993』, 고재정 옮김, 그린비, 2009,

131~132쪽.

3. 딸들은 아버지를 죽이고 자기 자신이 된다

1) 황병승, 「주치의 h」, 『여장남자 시코쿠』, 문학과지성사, 2012, 12쪽.
2) 실비아 플라스, 『巨像 — 실비아 플라스 詩選』(윤준·이현숙 옮김, 청하, 1980)을 대본으로 하고 일부는 지은이가 수정했다.
3) 실비아 플라스, 『실비아 플라스의 일기』, 김선형 옮김, 문예출판사, 2004, 267쪽.
4) 김언희, 「아버지의 자장가」, 『트렁크』, 세계사, 1995.
5) 김언희, 「가족극장, 이리와요 아버지」, 『말라죽은 앵두나무 아래 잠자는 저 여자』, 민음사, 2000, 89쪽.
6) 최승자, 「일찌기 나는」, 『이 時代의 사랑』, 문학과지성사, 1981, 13쪽.

4. 근대를 횡단하는 방법들에 대하여

1) 벨기에 상송 가수 자크 브렐의 〈늙은 연인의 노래La Chanson Des Vieux Amants〉의 가사 중에서.
2) 들뢰즈의 1980년 12월 21일 뱅센 대학 강연 중에서(지은이 번역).
3) 프리드리히 니체, 『우상의 황혼/반그리스도』, 송무 옮김, 청하, 1984, 24쪽.
4) 위의 책, 114~115쪽.
5) 황병승, 「미러볼」, 『트랙과 들판의 별』, 문학과지성사, 2007, 146~147쪽.
6) 다자이 오사무, 『인간 실격』, 김춘미 옮김, 민음사, 2004, 85쪽.
7) 위의 책, 23~24쪽.
8) 위의 책, 27쪽.

9) 앞의 책, 47쪽.

10) 위의 책, 17~18쪽.

11) 위의 책, 10~11쪽.

12) 조셉 칠더즈·게리 헨치 엮음, 『현대 문학·문화 비평 용어사전』, 황종연 옮김, 문학동네, 1999, 57쪽.

13) 박연준, 「詩」, 『속눈썹이 지르는 비명』, 창비, 2007, 30~31쪽.

14) 야마다 무네키, 『혐오스런 마츠코의 일생 vol.1 – 모든 꿈이 조각난 여자』, 지문환 옮김, 엠블라, 2008, 176쪽.

15) 야마다 무네키, 『혐오스런 마츠코의 일생 vol.2 – 세상 모두를 사랑한 여자』, 지문환 옮김, 엠블라, 2008, 47쪽.

16) 위의 책, 123쪽.

17) 위의 책, 348~349쪽.

5. 어떻게 아이러니는 웃음과 긍정이 되는가

1) 미셸 푸코, 『말과 사물』, 이규현 옮김, 민음사, 1986, 7쪽.

2) 위의 책, 13쪽.

3) 위의 책, 11쪽.

4) K. 해리스, 『현대미술: 그 철학적 의미』, 오병남·최연희 옮김, 서광사, 1988, 89쪽.

5) 수전 손택, 『해석에 반대한다』, 이민아 옮김, 이후, 2002, 416쪽.

6) 위의 책, 422쪽.

7) 위의 책, 430쪽.

8) 김영민, 『어긋남과 어긋냄』, 글항아리, 2011, 163쪽.

9) 장 주네, 『도둑 일기』, 박형섭 옮김, 민음사, 2008, 123쪽.

10) 위의 책, 236쪽.

11) 위의 책, 145쪽.

12) 앞의 책, 62~63쪽.

13) 위의 책, 11쪽.

14) 위의 책, 389쪽.

15) 위의 책, 277~278쪽.

16) 위의 책, 116쪽.

17) 위의 책, 311쪽.

18) 위의 책, 310쪽.

19) 위의 책, 302쪽.

20) "이 책 『도둑 일기』는 '불가능한 무가치성'을 추구하고 있다", 위의 책, 134쪽.

21) 위의 책, 30쪽.

22) 위의 책, 312쪽.

불구의 삶,
사랑의 말

어른이 되고 싶지 않은 이들을 위하여

ⓒ 양효실 2017

1판 1쇄 2017년 4월 15일
1판 4쇄 2022년 7월 25일

지은이 양효실
펴낸이 김수기

펴낸곳 현실문화연구
등록 1999년 4월 23일 / 제2015-000091호
주소 서울시 은평구 불광로 128, 302호
전화 02-393-1125 / 팩스 02-393-1128 / 전자우편 hyunsilbook@daum.net
ⓗ blog.naver.com/hyunsilbook   ⓘ hyunsilbook   ⓣ hyunsilbook

ISBN 978-89-6564-195-7 (03800)

이 도서의 국립중앙도서관 출판예정도서목록(CIP)은
서지정보유통지원시스템 홈페이지(http://seoji.nl.go.kr)와
국가자료종합목록 구축시스템(http://kolis-net.nl.go.kr)에서 이용하실 수 있습니다.
(CIP제어번호: CIP2017008945)